DIESES BUCH GEHÖRT:

Die drei !!!

Die drei !!!

Das Konfetti-Komplott

Maja von Vogel

KOSMOS

Umschlagillustration von Ina Biber, Gilching
Umschlaggestaltung von Sabine Reddig

Weitere Bände dieser Reihe siehe S. 160

MIX
Papier aus verantwortungsvollen Quellen
FSC® C083411
FSC www.fsc.org

Gedruckt auf chlorfrei gebleichtem Papier

ISBN 978-3-440-16805-9
Redaktion: Franziska Latoska
Lektorat: Claudia Müller
Satz: DOPPELPUNKT, Stuttgart
Produktion: Lena Geiger
Druck und Bindung: CPI books GmbH, Leck
Printed in Germany / Imprimé en Allemagne

Die drei !!!

Das Konfetti-Komplott

Zwei Esel zum Verlieben

»Mein Gott, ist der süß!«, stellte Franzi verzückt fest.
Kim nickte. »Echt zum Knutschen.«
»Ich hab mich auch sofort in ihn verliebt«, gab Marie zu. »Hat er nicht tolle Augen?«
»Ja, so sanft und gleichzeitig unergründlich.« Kim seufzte. »Wunderschön!«
Franzi kicherte. »Wenn Holger und David euch hören könnten, wären sie garantiert eifersüchtig.«
»Holger ist genauso verschossen in Adam wie ich.« Marie streckte den Arm über den Zaun und rief: »Komm her, Dicker!«
Ein Esel mit struppigem, grauem Fell trabte über das gefrorene Gras auf sie zu. Schnauze und Bauch waren hell. Er senkte den Kopf und schnupperte an Maries Hand. Weiße Atemwolken stiegen aus seinen Nüstern in die kalte Februarluft.
»Warte, ich hab was für dich.« Franzi zog einen Apfel aus der Jackentasche und bot ihn dem Esel an. Blitzschnell schoss Adams Kopf nach vorne, und seine weichen Lippen streiften

Franzis flache Hand, bevor der Apfel in seinem Maul verschwand und er krachend kaute. »Das schmeckt dir, was?« Franzi kraulte den Esel zwischen den langen Ohren.
»Adam ist ein richtiger Vielfraß.« Marie lächelte. Ein eisiger Windstoß fegte über den Hof und sie schlug den Kragen ihres Wintermantels hoch. In diesem Moment kam ein zweiter Esel aus dem Stall am anderen Ende der Wiese. »Darf ich vorstellen? Das ist Eva.«
Die Eseldame näherte sich ihnen vorsichtig, blieb jedoch in sicherem Abstand zum Zaun stehen und betrachtete die Mädchen. Sie war etwas kleiner als Adam und ihre kurze Mähne stand struppig ab.
»Hallo, Eva«, sagte Franzi. »Du bist ja eine ganz Hübsche.«
»Sie ist ein bisschen schüchtern«, stellte Marie fest.
»Kein Problem, wir werden bestimmt noch Freunde.« In Franzis Stimme schwang nicht der Hauch eines Zweifels mit.
Marie grinste. Franzi lebte auf einem alten Bauernhof, hatte selbst ein Pony namens Tinka und liebte Tiere über alles. Sie freundete sich sogar mit den Silberfischen im Bad an.
»Woher haben deine Großeltern die Esel eigentlich?«, fragte Kim.
»Sie haben sie zusammen mit dem Haus übernommen«, erklärte Marie. »Die Vorbesitzer sind ins Altenheim gezogen, dorthin konnten sie Adam und Eva nicht mitnehmen.«
Oma Agnes und Opa Herbert, die Eltern von Maries Stiefmutter Tessa, waren vor zwei Wochen aus Dettingen in die Stadt gezogen, um näher bei Marie und ihrer Familie zu sein. Nach

längerer Suche hatten sie ein hübsches kleines Häuschen direkt am Waldrand gefunden und wohnten nun gar nicht weit von der Villa der Grevenbroichs.

»Marie!«

Marie fuhr herum. Ihr kleiner Bruder Finn rannte über den Hof auf sie zu und warf sich in ihre Arme. Er trug gefütterte Stiefel und einen Schneeanzug, an dem Tannennadeln und Erde klebten. Oma Agnes und Opa Herbert folgten ihm etwas langsamer.

»Hallo, Finn!« Marie strubbelte ihm durch die Haare. »Wie war's im Kindergarten?«

»Super!« Finn strahlte. »Oma Agnes und Opa Herbert haben mich abgeholt. Das machen sie jetzt jeden Freitag.« Praktischerweise lag auch Finns Waldkindergarten gleich um die Ecke.

»Schön!« Marie lächelte ihren Großeltern zu.

»Wartet ihr schon lange?«, fragte Oma Agnes besorgt, nachdem sie die Mädchen begrüßt hatte. »Und das bei der Kälte! Ihr seid bestimmt ganz durchgefroren.«

»Kein Problem.« Marie nickte zu den Eseln hinüber. »Ich hab Franzi und Kim in der Zwischenzeit mit Adam und Eva bekannt gemacht.«

»Die beiden sind toll, oder?«, schwärmte Opa Herbert. »Sie sind uns schon richtig ans Herz gewachsen.«

»Kommt doch rein und wärmt euch auf«, schlug Oma Agnes vor. »Wie wär's mit einem heißen Kakao?«

»Gerne!« Kim nickte begeistert. Sie liebte Süßigkeiten und

besonders Schokolade über alles – völlig egal, ob warm oder kalt, flüssig oder fest.

Die Freundinnen folgten Oma Agnes und Opa Herbert zum Haus. Finn hüpfte nebenher. Opa Herbert schloss die Tür auf und sie betraten einen kleinen Windfang. Marie half Finn, seine dreckverkrusteten Stiefel und den Schneeanzug auszuziehen, bevor sie durch einen schmalen Flur in die Wohnküche marschierten. Der Raum war groß und hell. Die kleinen Sprossenfenster gingen zum Garten hinaus und die Decke wurde von wuchtigen, uralten Holzbalken gestützt. Die Wände waren schneeweiß gestrichen und es roch noch leicht nach frischer Farbe.

»Wie gemütlich!« Kim ließ sich auf eine Eckbank aus dunklem Holz fallen, auf der bunte Kissen lagen.

»Ist das ein echter Feuerofen?« Franzi zeigte auf einen wuchtigen gusseisernen Ofen in der Ecke, während sie neben Kim auf die Bank rutschte.

Opa Herbert nickte. »Den haben wir auch von den ehemaligen Besitzern übernommen. Er ist schon fast ein Museumsstück, aber er funktioniert noch. Sehr praktisch, falls mal der Strom ausfällt.«

Oma Agnes goss Milch in einen Topf und stellte ihn auf den Herd.

»Sie haben es wirklich schön hier«, stellte Kim fest.

Oma Agnes nickte. »Uns gefällt es auch sehr. Es war wirklich ein Glücksfall, dass wir dieses Haus bekommen haben.«

»Allerdings muss noch einiges gemacht werden.« Opa Her-

bert zeigte auf die Sprossenfenster. »Die Fenster sind nur einfach verglast, die müssen wir austauschen. Und im Frühling will ich das Dach neu decken, bevor es anfängt durchzuregnen.«
»Im Garten gibt es auch eine Menge zu tun.« Oma Agnes gab zuckerfreies Bio-Kakaopulver in die Milch und fügte noch einen Löffel Honig hinzu. Sie achtete sehr auf gesunde Ernährung und verzichtete weitgehend auf weißen Industriezucker. »Das Gemüsebeet ist völlig verwildert. Außerdem träume ich schon lange von einer Kräuterspirale, einem speziellen Beet für Küchenkräuter, das sich wie ein Schneckenhaus in die Höhe windet.«
»Cool!« Franzi war sofort Feuer und Flamme. »Wir könnten Ihnen helfen, die Spirale zu bauen. Das macht bestimmt Spaß.«
»Danke für das nette Angebot.« Oma Agnes rührte den Kakao gleichmäßig mit einem Schneebesen um, während sie ihn langsam erwärmte, damit er nicht anbrannte. »Darauf komme ich gerne zurück.«
»Ich hab Hunger!«, krähte Finn dazwischen.
Opa Herbert ging zu einem himmelblau gestrichenen Küchenbuffet, das neben dem alten Ofen stand, zog eine Schublade auf und holte eine Packung Schokokekse heraus.
Oma Agnes runzelte die Stirn.
»Ein paar Kekse haben noch niemandem geschadet.« Opa Herbert zwinkerte seinem Enkel zu und stellte die Packung auf den Tisch. Im Gegensatz zu seiner Frau hatte er eine Schwäche für Süßigkeiten. Früher hatte es deswegen oft Streit zwischen

den beiden gegeben. Inzwischen war Oma Agnes zum Glück viel lockerer geworden und akzeptierte, dass ihr Mann zwischendurch hin und wieder ein Stück Schokolade oder einen Keks naschte.
»Lecker!« Finn stopfte sich sofort einen kompletten Keks in den Mund.
Oma Agnes goss den Kakao in vier Becher und schnitt schnell noch eine Banane und einen Apfel auf. »Freut ihr euch schon auf Karneval?«
»Jaaa!«, rief Finn mit vollem Mund. »Ich gehe als Wildschwein.«
»Das passt zu deinen Tischmanieren.« Marie wischte sich einen Kekskrümel von der Wange.
Finn streckte ihr die Zunge raus.
»Wisst ihr schon, als was ihr geht?«, fragte Franzi.
Kim schüttelte den Kopf. »Dieses Jahr ist mir noch nichts Tolles eingefallen. Aber ich will auf jeden Fall zum großen Rosenmontagsumzug. Kommt ihr mit?« Sie nahm sich ebenfalls einen Keks.
»Klar!« Marie nickte.
»Ich bin auch dabei«, sagte Franzi. »Das lasse ich mir bestimmt nicht entgehen.«
Die Küchentür flog auf und Maries Stiefschwester Lina stürmte herein. In der ersten Zeit, nachdem Tessa und Lina zu Marie und ihrem Vater gezogen waren, hatten sich Marie und Lina oft gestritten. Inzwischen verstanden sich meistens ganz gut.
»Hallihallo!«, rief Lina und ließ sich neben Franzi auf die

Bank fallen. Sie trug einen Trainingsanzug und ihre rotblonden Haare waren zu einem Zopf gebunden. »Was lässt du dir nicht entgehen?«

»Den Umzug am Rosenmontag.«

»Super!« Lina nahm sich ein Stück Apfel. »Dann könnt ihr mir zujubeln. Ich fahre nämlich mit meiner Klettergruppe auf dem Wagen vom Sportverein mit. Wir haben gerade beim Training darüber gesprochen. Wir gehen alle als Affen – weil wir so gut klettern können.«

»Witzig.« Franzi grinste.

»Kommt ihr nach dem Umzug auch ins Jugendzentrum?«, fragte Lina. »Da steigt am Rosenmontag eine große Faschingsparty.«

»Mal sehen.« Marie zuckte etwas unschlüssig mit den Schultern und nippte an ihrem Kakao. Er schmeckte überraschend gut, auch ohne Zucker.

»Wenn ihr Kostüme braucht, könnt ihr gerne einen Blick in unsere Verkleidungskiste werfen«, bot Oma Agnes an. »Die meisten Sachen stammen noch aus Tessas Kinder- und Jugendzeit. Beim Umzug war ich kurz davor, den alten Kram wegzuschmeißen, aber dann habe ich es nicht übers Herz gebracht.«

»Au ja!« Marie nickte begeistert. »Ich würde mir die Sachen total gerne ansehen.«

»Die Kiste steht im Keller, ich hol sie.« Opa Herbert ging hinaus.

In diesem Moment klingelte es in Maries Handtasche. Schnell zog sie ihr Handy hervor.

»Hallo?«
»Wo bleibst du denn, Marie? Ich warte schon seit einer halben Stunde auf dich!« Die melodische Stimme ihrer Gesangslehrerin klang ziemlich ungehalten.
Marie wurde es heiß. »Mist! Die Gesangsstunde hab ich total vergessen. Tut mir leid, Frau Marr. Können wir den Termin verlegen?«
»Es bleibt uns wohl nichts anderes übrig. Warte, ich schaue gleich mal, wann es passt.« Es raschelte am anderen Ende der Leitung, während die Lehrerin in ihrem Kalender blätterte. »Wie wäre es nächsten Dienstag um vier?«
»Klar, Dienstag um vier ist prima! Vielen Dank – und entschuldigen Sie bitte die Umstände.«
Marie verabschiedete sich und ließ das Handy sinken. »Ich hab den Gesangsunterricht verschwitzt. Wie peinlich! Eigentlich hatten wir für heute eine Extrastunde ausgemacht.«
»Ist doch nicht so schlimm.« Kim knabberte an ihrem dritten Schokokeks. »Das kann doch jedem passieren.«
»Ja, aber mir passiert es leider nicht zum ersten Mal«, murmelte Marie. In letzter Zeit hatte sie öfter Termine vergessen oder durcheinandergebracht. Sie hatte einfach zu viel zu tun!
»Du weißt schon, dass wir Dienstagnachmittag verabredet sind, oder?«, fragte Franzi. »Wir haben ein Detektivclubtreffen.«
Kim, Franzi und Marie waren nicht nur Freundinnen, sondern auch erfolgreiche Detektivinnen. Seit Kim den Detektivclub *Die drei !!!* gegründet hatte, waren ihnen schon viele Verbre-

cher ins Netz gegangen. Zuletzt hatten sie im Herbst in einem unheimlichen Spukhotel ermittelt und waren dabei echten und falschen Geistern auf die Spur gekommen.

Marie schlug sich mit der Hand gegen die Stirn. »Stimmt! Daran hab ich gar nicht mehr gedacht. Verdammt, was mache ich denn jetzt? Wenn ich den Termin noch mal verlege, ist Frau Marr bestimmt stinksauer.«

»Heißt das, dein Gesangsunterricht ist dir wichtiger als der Detektivclub?« Franzi runzelte empört die Stirn.

»So hat Marie es sicher nicht gemeint«, sagte Kim schnell. »Wir können uns doch einfach einen Tag später treffen, oder?«

Marie zückte ihr Handy und öffnete den Kalender. »Mittwoch bin ich eigentlich mit Holger verabredet, aber das kann ich umlegen.«

»Wie gnädig von dir«, bemerkte Franzi.

Marie ignorierte den spitzen Tonfall ihrer Freundin. Sie überlegte kurz, ob es wirklich eine gute Idee war, das Date mit Holger zu verschieben. Wahrscheinlich würde er nicht gerade begeistert sein. Zumal sie in den vergangenen Wochen mehrere Treffen kurzfristig hatte absagen müssen. Dieser verdammte Freizeitstress! Daran musste sie dringend etwas ändern. Die Frage war nur, wie …

»Hier kommt der Kostüm-Service.« Opa Herbert betrat mit einem großen Karton die Wohnküche und stellte ihn mitten im Raum ab.

»Cool!« Marie sprang auf und öffnete den Deckel. Ein leicht muffiger Geruch nach Mottenkugeln und Keller stieg ihr in die

Nase. Mit spitzen Fingern zog sie ein rot-schwarzes Marienkäferkostüm hervor und hielt es hoch. »Das hat Tessa früher getragen?«
Oma Agnes nickte. »Ich erinnere mich noch genau. Da war Tessa in der ersten Klasse. Sie hat dieses Kostüm geliebt, auch wenn es am Bauch etwas gespannt hat.«
Marie musste sich das Lachen verbeißen. Es fiel ihr schwer, sich ihre zierliche und schlanke Stiefmutter als pummeligen Marienkäfer vorzustellen.
Franzi und Kim knieten sich neben Marie auf die Holzdielen und die Mädchen wühlten eifrig in den alten Kostümen.
»Wow, der ist ja toll!« Kim griff nach einem schwarzen, spitz zulaufenden Hut mit breiter Krempe und setzte ihn sich auf den Kopf.
»Ein bisschen zerknautscht, aber ansonsten absolut hexenmäßig«, stellte Marie fest. »Sieht super aus!«
»Wie findet ihr die?« Franzi zog eine schwarze Maske aus dem Karton und streifte sie über, sodass nur noch ihre grünen Augen zu sehen waren. »So könnte ich glatt als Zorro gehen.«
»Oder als Bat-Girl!« Kim hatte einen Haarreif mit Fledermausohren entdeckt und steckte ihn in Franzis rote Haare.
»Franzi, die Superheldin«, sagte Marie. »Das passt zu dir. Fehlt nur noch ein schwarzer Umhang, dann ist das Kostüm perfekt.«
»Wäre das nicht was für dich, Marie?« Kim hielt eine rote Federboa und eine farblich dazu passende Maske hoch, deren Form an züngelnde Flammen erinnerte.

»Steht dir bestimmt gut.« Franzi lachte. »Du spielst doch gerne mit dem Feuer, oder?«
Marie setzte die Maske auf und schlang sich die Federboa um den Hals. Die Federn schmiegten sich weich an ihre Haut, rochen allerdings etwas staubig. »Moment, bin gleich wieder da.«
Marie stand auf und ging in den Flur, um einen Blick in den Spiegel neben der Garderobe zu werfen. Prüfend rückte sie die feuerrote Maske zurecht und drehte den Kopf von rechts nach links. Die Farbe passte gut zu ihren Haaren. Fehlten nur noch der richtige Lippenstift und ein feuriges Make-up …
Lina kam aus der Küche. »Spitze!« Sie reckte einen Daumen in die Höhe.
»Als Feuermädchen falle ich im Jugendzentrum bestimmt auf«, stellte Marie fest. »Mit wem gehst du zur Party?«
»Mit Anouk und ein paar anderen aus der Klettergruppe.« Lina sah plötzlich nachdenklich aus. »Kann ich dich mal was fragen?«
»Klar.« Marie zupfte eine blonde Strähne unter der Maske hervor. »Worum geht's?«
»Also … na ja … es gibt da jemanden …«, druckste Lina herum.
»Bist du etwa verliebt?« Marie löste den Blick von ihrem Spiegelbild und sah Lina aufmerksam an.
Lina wurde rot. »Nein … ja … vielleicht …« Sie seufzte. »Es ist irgendwie kompliziert.«
»Liebe ist meistens kompliziert«, stellte Marie fest. »Das ist ganz normal.«

Gelächter drang aus der Wohnküche und Finn erschien auf der Türschwelle. »Schaut mal!«, rief er begeistert. »Ich bin eine Waldfee.«
Er steckte in einem Feenkostüm aus hellgrünem Tüll, das ihm noch etwas zu groß war. Dazu hatte er sich silbern glänzende Flügel umgeschnallt und schwenkte einen Zauberstab.
Marie lachte. »Steht dir ausgezeichnet. Kannst du auch zaubern?«
Finn nickte ernst. »Ich zaubere alle Bäume grün und beschütze die Tiere im Wald.« Beschwingt hüpfte er wieder zu den anderen.
Marie sah ihm lächelnd nach, dann wandte sie sich an Lina. »Was wolltest du mich gerade fragen?«
Lina winkte ab. »Vergiss es.«
»Aber ...«, begann Marie.
»War nicht so wichtig.« Hastig verschwand Lina auf die Toilette und schloss die Tür hinter sich.
Marie runzelte die Stirn. Ob Lina in einen Jungen aus ihrer Klasse verliebt war? Oder war es jemand aus der Klettergruppe? Wahrscheinlich traute sie sich nicht, ihrem Schwarm ihre Gefühle zu gestehen. Oder er war bereits mit einer anderen zusammen. Am besten, sie sprach Lina in einem ruhigen Moment noch einmal darauf an. Vielleicht konnte sie ihr ja ein paar Tipps geben – oder sie zumindest trösten, wenn sie Liebeskummer hatte.
Marie warf einen letzten Blick in den Spiegel, zupfte die Federboa zurecht und ging zurück in die Küche.

Die Narren sind los

Detektivtagebuch von Kim Jülich
Donnerstag, 20:03 Uhr

Gestern haben wir ein Detektivclub-Treffen im Hauptquartier abgehalten. Leider gibt es nichts Neues. Weit und breit kein Fall in Sicht! Vielleicht ist es den Verbrechern einfach zu kalt ...

Aber was soll's, so haben wir mehr Zeit für die Karnevalsvorbereitungen. Ich weiß jetzt endlich, als was ich dieses Jahr gehe: als Hexe! Okay, das klingt jetzt nicht gerade originell, aber ich habe einen tollen Hexenhut in der Verkleidungskiste von Oma Agnes und Opa Herbert entdeckt. Dazu ein paar gruselige Accessoires und natürlich das passende Make-up. (Marie hat versprochen, mich zu schminken.)

Am Rosenmontag wollen wir zum großen Umzug in die Stadt, abends ist eine Party im Jugendzentrum. Ich freu mich schon total! Übrigens habe ich gerade recherchiert, woher der Begriff »Karneval« eigentlich kommt. Wahrscheinlich wurde er vom lateinischen Begriff für die Fastenzeit abgeleitet: »carne levare«. »Carne« ist das lateinische Wort für »Fleisch« und »levare« bedeutet so viel wie »wegnehmen«. Das Wort »Fasching« ist aus dem mittelhochdeutschen »vast schang« entstanden, womit das Ausschenken des Fastentrunks gemeint war. Spannend, oder?

Heute sagt man »Karneval« hauptsächlich in Norddeutschland und im Rheinland. »Fasching« feiert man in Süddeutschland, Sachsen und Österreich. In manchen Regionen sagt man auch »Fastnacht«, »Fasnet« oder »Fassenacht«. So viele Bezeichnungen für ein- und dasselbe Fest. Verrückt! Oder besser gesagt: total närrisch!

Geheimes Tagebuch von Kim Jülich
Donnerstag, 20:46 Uhr

ACHTUNG: Pfoten weg von meinem Tagebuch! Sonst kriegt ihr es mit Kim, der bösen Hexe, zu tun. Während der närrischen Tage stehe ich auf der Seite der dunklen Magie, und glaubt mir, Ben und Lukas, meine neugierigen Zwillingsbrüder: Hexe Kim kennt keine Verwandten!

Gerade hat David mir das neuste Kapitel für unseren Roman geschickt. Mich hat es sofort in den Fingern gejuckt! Am liebsten würde ich gleich weiterschreiben ...
Es läuft gerade richtig gut – mit dem Roman und mit David :-). Er ist supersüß und macht mir ständig Komplimente für meine lebendigen Figuren und meine witzigen Dialoge. David schreibt aber auch nicht schlecht. Ich kenne niemanden, der so viel Fantasie hat wie er!
Hach, jetzt bekomme ich gleich wieder Sehnsucht nach ihm ... Ich glaube, ich ruf ihn schnell an, bevor ich meine Schulsachen für morgen packe.
Geh bitte ans Telefon, David, ich muss unbedingt deine Stimme hören!

»Wie sehe ich aus?« Marie drehte sich vor dem großen Spiegel in ihrem Zimmer.
»Echt cool!« Franzi grinste.
Marie warf sich die feuerrote Federboa über die Schulter und

nickte zufrieden. Die Feuer-Maske saß perfekt. Passend dazu hatte sie knallroten Lippenstift aufgetragen und das restliche Gesicht extrem blass geschminkt. Gar kein schlechter Effekt.

Kim nieste. »Vielleicht hättest du die Federboa vorher auslüften sollen. Ganz schön staubig, das Ding. Danke übrigens fürs Schminken, Marie.«

»Gern geschehen.« Marie wandte sich zu ihrer Freundin um. »Der helle Teint steht dir wirklich super – vor allem im Kontrast zu den schwarzen Lippen.«

Kim lächelte. »Findest du?« Verlegen zupfte sie an ihrem Hut. Ihre Wangen waren hell gepudert, Augen und Lippen dunkel geschminkt. Um den Hals trug sie eine Kette mit einem Spinnenanhänger und am Ringfinger der rechten Hand einen Spinnenring.

Marie nickte. »David fällt glatt in Ohnmacht, wenn er dich heute Abend auf der Party sieht. Als was geht er eigentlich?«

Kim zuckte mit den Schultern. »Keine Ahnung. Er hat ein großes Geheimnis aus seinem Kostüm gemacht und nur gesagt, ich solle mich überraschen lassen. Außerdem meinte er noch, ich würde ihn auf jeden Fall zum Anbeißen finden.«

Marie lachte. »Vielleicht geht er ja als überlebensgroßer Schokoladenkeks.«

»Ich bin heute inkognito unterwegs«, stellte Franzi nach einem kurzen Blick in den Spiegel fest.

Sie ging als Bat-Girl mit schwarzer Augenmaske, Fledermausohren und einem schwarzen Umhang, den sie bei den aussortierten Klamotten auf dem Dachboden gefunden hatte.

»Du musst Blake unbedingt ein Foto von dir schicken«, sagte Kim. »In dem Outfit erkennt er dich garantiert nicht wieder.«
Franzi verzog das Gesicht. »Ehrlich gesagt frage ich mich manchmal, ob er mich überhaupt noch wiedererkennt, wenn er im August aus den USA zurückkommt.«
Franzis Freund verbrachte gerade ein Austauschjahr in Kalifornien, sodass er und Franzi sich nur via Skype sehen konnten.
»Was meinst du damit?«, fragte Marie. »Ihr telefoniert doch regelmäßig, oder?«
»Na ja, regelmäßig würde ich das nicht gerade nennen.« Franzi rückte den Haarreif gerade. »Letzte Woche haben wir uns nur einmal ganz kurz gesprochen. Diese blöde Zeitverschiebung macht es nicht gerade leichter. Ich hab das Gefühl, wir werden uns immer fremder.«
»Vermisst du ihn?«, fragte Kim.
Franzi zuckte mit den Schultern. »Ja, schon. Aber er fehlt mir längst nicht mehr so wie letzten Sommer, kurz nachdem er weggeflogen ist. Irgendwie hab ich mich daran gewöhnt, dass er nicht da ist.«
»Das ist doch völlig normal«, meinte Marie. »Blake lebt sein Leben in Kalifornien und du lebst dein Leben hier bei uns. Es wäre ja schlimm, wenn du ein Jahr lang nur traurig in der Ecke sitzen und auf ihn warten würdest.«
Franzi seufzte. »Trotzdem weiß ich nicht, wie es wird, wenn er zurückkommt.«
»Ganz toll natürlich.« Kim griff nach Franzis Hand und drückte sie. »Ihr werdet euch wahnsinnig viel zu erzählen ha-

ben und seid bestimmt im Handumdrehen wieder so verliebt wie vorher.«

»Hoffentlich ...«, murmelte Franzi nicht wirklich überzeugt.

Die Tür ging auf und Finn kam herein. »Schaut mal, wie schön ich bin!«

Er trug das Feenkostüm aus hellgrünem Tüll, das er bei Oma Agnes und Opa Herbert in der Verkleidungskiste gefunden hatte. Auf seinem Rücken glänzten die silbernen Flügel. Seine strubbeligen Haare glitzerten und er schwenkte einen Zauberstab.

»Wow«, sagte Kim beeindruckt. »Sehr schick. So ein tolles Kostüm hätte ich auch gerne.«

»Ich bin eine echte Waldfee.« Finn hielt den Zauberstab hoch. »Wenn ihr nicht brav seid, verzaubere ich euch in Eichhörnchen.«

»Oje.« Franzi grinste. »Damit wäre der Rosenmontag für uns gelaufen.«

»Nachdem Finn das Feenkostüm bei Oma Agnes entdeckt hatte, wollte er nicht mehr als Wildschwein gehen«, erklärte Marie. »Tessa hat das Kostüm gewaschen und etwas enger gemacht.«

»Das mit dem Glitzerhaarspray war bestimmt deine Idee, oder?«, vermutete Kim.

Marie nickte. »Passt doch super zum grünen Tüll, oder?«

»Finn!«, rief Tessa von unten. »Sag den Mädchen Bescheid, dass es in der Küche Tee und Faschingskrapfen gibt.«

»Lecker!«, jubelte Finn und stürmte aus dem Zimmer.

»Klasse!« Kim leckte sich über die Lippen. »Ich brauche dringend noch eine kleine Stärkung, bevor wir aufbrechen.«
»Erst futtern, dann feiern.« Sie grinste. »Wenn das kein perfekter Plan ist!«

Eine halbe Stunde später radelten die Detektivinnen Richtung Innenstadt. Je näher sie der Fußgängerzone kamen, desto mehr verkleidete Menschen waren unterwegs. In kleinen und größeren Gruppen zogen sie durch die Straßen, sangen und lachten. Marie wich ein paar Superhelden aus, die sich auf dem Radweg einen Ringkampf lieferten. An der nächsten Straßenecke sprang sie vom Rad.
»Sollen wir die Fahrräder hier abstellen? Es ist zu viel los, um weiterzufahren.«
Die drei !!! lehnten ihre Räder gegen einen Zaun und schlossen sie ab. Marie warf einen prüfenden Blick in eine Schaufensterscheibe und richtete ihre Maske. Eine Gruppe Elfen in dünnen Flatterkleidern lief kichernd vorbei.
Kim schauderte. »Da wird mir ja schon vom Hinschauen kalt.« Sie trug einen dunklen Mini-Rock, darunter eine dicke Strumpfhose und schwarze Stiefel.
»Es könnte tatsächlich ein paar Grad wärmer sein.« Franzi knöpfte fröstelnd ihre Jacke zu, die sie unter dem Umhang trug.
»Sollen wir Richtung Marktplatz gehen?«, schlug Marie vor. »Wir suchen uns irgendwo einen Platz, an dem wir gut sehen können.«
Die Detektivinnen bogen in eine schmale Seitenstraße ein. Mit

jedem Meter wurde es voller. Die Menschen schoben sich lachend und lärmend über den Bürgersteig. Einige wichen auf die Straße aus, sodass die Autos kaum noch durchkamen. Etwas weiter vorne war die Straße wegen des Umzugs komplett gesperrt.

Vor einer Bäckerei, die Faschingskrapfen zum Sonderpreis verkaufte, drängten sich Piraten mit klappernden Säbeln, bleiche Gespenster, gruselige Zombies, eine schwarz-weiß gefleckte Kuh und eine Ketchupflasche auf zwei Beinen.

»Seht mal!« Kim deutete kichernd auf einen als Avocado verkleideten Mann, der gerade in einen Faschingskrapfen biss. Der Kern der Frucht war der kugelrunde nackte Bauch des Mannes, der aus dem Kostüm herausploppte.

Neben Marie hupte ein roter Kleinwagen mit verbeultem Kotflügel, der wegen der Absperrung feststeckte. Die Fahrerin trug ein Katzenkostüm und gestikulierte ärgerlich.

»Tja, hier geht nichts mehr voran«, stellte Franzi fest. »Selbst schuld, wenn man am Rosenmontag mit dem Auto in die Stadt fährt.«

»Ich glaube, bis zum Marktplatz kommen wir nicht durch.« Kim blieb vor einem Kiosk stehen. »Sollen wir einfach hierbleiben?«

Sie bezogen hinter ein paar als Ritter und Clowns verkleideten Kindern Position, die sich bereits die besten Plätze direkt hinter der Absperrung gesichert hatten.

»Hoffentlich fängt der Umzug bald an«, murmelte Kim bibbernd. »Sonst friere ich glatt fest.«

Franzi hüpfte auf der Stelle, um sich warm zu halten. Plötzlich ging ein Raunen durch die Menge und in der Ferne erklang Musik.

»Es geht los!«, rief ein Ritter-Mädchen aufgeregt.

Marie reckte den Hals, aber ein Schornsteinfeger mit hohem Zylinder versperrte ihr die Sicht.

»Da!« Ein kleiner Clown kletterte auf die Absperrung, um besser sehen zu können. »Sie kommen!«

Hufgeklapper ertönte und mehrere Reiter bogen um die Ecke. Sie waren wie römische Soldaten gekleidet und ihre langen Umhänge hingen über die Pferderücken. Majestätisch führten sie den Umzug an. Dahinter lief eine Gruppe Tanzmariechen. Die Mädchen trugen blaue Uniformen und Perücken mit langen Zöpfen und warfen rhythmisch die Beine in die Luft. Ihnen folgte eine Blaskapelle. Die Zuschauer jubelten und klatschten. Neben Marie hatten sich ein paar männliche Krankenschwestern mit weißen Hauben eingehakt und schunkelten zur Musik.

Es folgten die ersten bunt geschmückten Wagen, auf denen verkleidete Menschen tanzten, Bonbons und Konfetti warfen.

»Da ist Lina!« Marie winkte.

»Huhu!« Lina hatte Marie entdeckt und winkte fröhlich zurück. Sie trug, genau wie die anderen aus ihrer Klettergruppe, ein hellbraunes Ganzkörper-Affenkostüm mit einer Kapuze, auf die zwei Ohren genäht waren. Künstliche Palmen schmückten den Wagen und auf einem zwischen den Stämmen befestigten Banner stand: »*Ich glaub, mich laust der Affe!*«

Passend dazu verteilten Lina und ihre Freunde Bananen an die Zuschauer.
»Ich hab eine!« Das Mädchen im Ritterkostüm stopfte glücklich eine Banane in ihre Umhängetasche.
»Wir sehen uns nachher bei der Party!«, rief Lina.
Marie nickte und hob den Daumen, dann war der Wagen auch schon vorbeigefahren.
»Diese Zitronenbonbons sind echt lecker.« Franzi wickelte ein gelbes Bonbon aus, das ihr direkt vor die Füße geflogen war, und steckte es in den Mund.
»Findest du?« Kim verzog das Gesicht. »Die sind doch viel zu sauer. Ich mag am liebsten Sahne-Karamell.«
Wieder ging ein Bonbonregen auf sie nieder. Kim bückte sich blitzschnell und schnappte dem Rittermädchen ein Karamellbonbon vor der Nase weg.
Franzi fing geschickt ein paar Zitronenbonbons auf und ließ sie in ihrer Jackentasche verschwinden.
»Autsch!« Ein Bonbon hatte Marie an der Stirn getroffen. Bevor sie es aufheben konnte, schoss eine kleine Hand hervor und griff danach.
»Meins!«, rief das Rittermädchen triumphierend.
Bevor Marie reagieren konnte, wurde sie von einem Mann angerempelt, der gerade eilig den Kiosk verlassen hatte. Er trug ein schwarz-weiß gestreiftes Sträflingskostüm und eine Micky-Maus-Maske, die die obere Hälfte seines Gesichts verdeckte.
»He, passen Sie doch auf!«, schimpfte Marie.
»Sorry.« Der Mann sah sich nervös um.

Ein zweiter Sträfling mit Donald-Duck-Maske stürmte nun ebenfalls aus dem Kiosk und rannte dabei fast einen Wikinger um. Mit der rechten Hand umklammerte er einen Sack aus grobem Stoff, der perfekt zu seinem Kostüm passte.
Der Wikinger schwenkte seinen Schild. »Wer wagt es, sich mit dem besten Kämpfer des Nordens anzulegen?«
Donald Duck ignorierte den Wikinger. »Nichts wie weg«, zischte er seinem Kumpel zu, fuhr die Ellbogen aus und drängelte sich rücksichtlos durch die Menge.
»Was ist denn mit den beiden los?« Franzi runzelte die Stirn.
Auch Marie hatte ein komisches Gefühl in der Magengegend. Dieses Kribbeln stellte sich immer ein, wenn irgendetwas faul war …
In diesem Moment tauchte ein junger Mann in der Tür zum Kiosk auf. »Hilfe!«, rief er. »Überfall!«
Seine Stimme ging fast in der Musik der Blaskapelle unter. Ein paar Leute lachten. Sie schienen das Ganze für einen Scherz zu halten. Die meisten hatten gar nichts von dem Zwischenfall mitbekommen. Aber Marie sah die Angst in den Augen des Mannes. Sein Gesicht war leichenblass, und seine Knie zitterten so sehr, dass er sich am Türrahmen festhalten musste, um nicht das Gleichgewicht zu verlieren.
»Da stimmt was nicht«, sagte Kim.
Die Detektivinnen schoben sich zwischen den Feiernden hindurch, bis sie vor dem jungen Mann standen. Er war ungefähr achtzehn oder neunzehn und trug kein Kostüm, sondern eine abgewetzte Jeans und einen Kapuzenpullover.

»Alles in Ordnung?«, fragte Franzi.

Der Junge schüttelte den Kopf. »Ich bin gerade überfallen worden. Zwei maskierte Typen haben mich mit einer Pistole bedroht. Ich musste ihnen das ganze Geld aus der Kasse geben.«

»Du arbeitest hier?«, hakte Marie nach.

Der Junge nickte. »Zwei Nachmittage die Woche als Aushilfe. Der Chef hat heute frei.«

»Trugen die Täter Sträflingskostüme?«, fragte Kim. »Einer mit Micky-Maus- und der andere mit Donald-Duck-Maske?«

»Genau«, bestätigte der Junge. »Sie sind einfach abgehauen.«

»Verdammt!«, rief Franzi. »Hinterher, vielleicht kriegen wir sie noch.«

»Was ist denn los?«, erkundigte sich der Wikinger.

»Rufen Sie die Polizei«, sagte Marie. »Und kümmern Sie sich um den Jungen. Es gab einen Überfall.«

Der Wikinger nickte verdutzt und zog ein Smartphone aus seinem Fellumhang.

Die drei !!! nahmen die Verfolgung auf.

Entführt!

»Wo sind sie?« Franzi reckte den Hals.
»Dort!« Marie hatte weiter hinten im Getümmel schwarz-weiße Streifen entdeckt und stürmte los.
Doch es war gar nicht so leicht, sich durch die Menge zu bewegen, ohne jemanden anzurempeln.
»Hier wird nicht gedrängelt«, meckerte ein als Banane verkleideter Mann.
»Aua, pass gefälligst auf!«, schimpfte eine Frau mit goldener Lametta-Perücke, der Marie auf den Fuß getreten war.
»'tschuldigung«, murmelte Marie und hastete weiter. Franzi und Kim waren dicht hinter ihr.
Wo waren die schwarz-weißen Streifen? Da!
»Stehen bleiben!« Marie packte eine Gestalt im Sträflingskostüm an der Schulter.
»Spinnst du?« Eine junge Frau mit Kurzhaarschnitt fuhr herum und funkelte Marie ärgerlich an. »Was willst du von mir?«
»Äh – gar nichts.« Hastig zog Marie die Hand zurück. »Ich hab Sie verwechselt, tut mir leid.«

»Mist«, zischte Kim. »Jetzt haben wir die Kerle verloren.«
»Moment!« Geschickt kletterte Franzi auf einen Mülleimer und sah sich suchend um. »Dahinten! Das müssen sie sein.«
Die drei !!! rannten weiter. Am Ende der Fußgängerzone lichtete sich die Menschenmenge und sie kamen etwas zügiger voran. Marie sah gerade noch, wie die beiden Sträflinge in eine Seitenstraße abbogen.
»Schnell!«, rief Franzi.
Sie stürmten um die Ecke. Die Täter waren gerade dabei, in ein rotes Auto zu steigen, das mit laufendem Motor im Parkverbot auf sie wartete. Der Kotflügel war verbeult. Und am Steuer saß eine Frau mit Katzenmaske.
»Das ist der Wagen von vorhin!«, rief Marie. »Wisst ihr noch? Die Frau hat sich total aufgeregt, weil die Straße gesperrt war.«
Kein Wunder, denn offenbar fuhr sie den Fluchtwagen.
»Die wollen abhauen!« Franzi setzte zum Spurt an.
Ihre Füße flogen über den Asphalt und sie erreichte das Auto in letzter Sekunde. Der Typ mit der Micky-Maus-Maske hatte ihr den Rücken zugedreht, als Franzi nach seinem Arm griff. Überrascht fuhr er herum und versuchte, sich loszureißen, doch Franzi ließ nicht locker. Die beiden rangen kurz miteinander, bis Franzi ihm plötzlich die Maske vom Gesicht riss. Entsetzt starrte er sie an.
Mit zwei Sätzen war Donald Duck bei Franzi und zerrte sie ins Auto. Die beiden Männer sprangen ebenfalls hinein, die Türen flogen zu und das Auto raste mit quietschenden Reifen davon.

Marie und Kim, die Franzi gefolgt waren, blieben keuchend stehen. Genau an der Stelle, an der bis vor einer Sekunde der Wagen der Verbrecher gewartet hatte. Jetzt lag nur noch die Micky-Maus-Maske zwischen ein paar Kaugummi-Papierchen und etwas Konfetti im Rinnstein. Fassungslos sahen sie dem Auto nach.

»Die ... die haben Franzi entführt«, stammelte Kim.

Maries erster Impuls war, hinter dem Fluchtwagen herzurennen, aber sie wusste, dass es sinnlos war. Zu Fuß hatten sie keine Chance. Sie konnten nur zusehen, wie das Auto um die nächste Ecke bog und aus ihrem Blickfeld verschwand. Mit Franzi und drei Kriminellen, die vor nichts zurückschreckten.

Das war eine absolute Katastrophe!

Franzis Atem ging schnell und stoßweise. Obwohl ihre Augen weit aufgerissen waren, zogen neblige Schleier vor ihrem Blickfeld auf. Gleich würde sie ohnmächtig werden. Nein, das durfte nicht passieren!

Ruhig atmen, Franzi! Ein und aus. Ein und aus ...

Sie blinzelte und versuchte, sich zu konzentrieren. Ein, aus. Ein, aus. Es funktionierte. Die Schleier zogen sich zurück und sie wurde etwas ruhiger. Jetzt bloß nicht schlappmachen! Sie musste all ihre Sinne beisammenhalten, wenn sie aus diesem Schlamassel wieder herauskommen wollte.

Verdammt, wie hatte das nur passieren können? Es war alles so schnell gegangen ... Die Verfolgungsjagd, der kurze Kampf mit dem Micky-Maus-Typen, die Maske, die sie ihm eher unabsichtlich heruntergerissen hatte. Sein entsetzter Blick. Die groben Hände des anderen Kerls, der sie ins Auto gestoßen hatte. Sie hatte keine Chance gehabt.

Und jetzt? Niemand konnte ihr helfen. Sie war völlig auf sich gestellt. Was sollte sie tun?

Franzi sah verstohlen zu dem Typ ohne Maske, der neben ihr auf der Rückbank saß. Erst jetzt fiel ihr auf, wie jung er war. Höchstens sechzehn oder siebzehn. Er knetete nervös seine Hände und starrte mit leerem Blick vor sich hin. Vorne saßen die Frau im Katzenkostüm und Donald Duck.

»Das war so nicht abgesprochen!«, schimpfte die Katze. Ihre schwarz lackierten Fingernägel trommelten ärgerlich auf das Lenkrad. »Was zum Teufel hast du dir dabei gedacht?«

»Gar nichts«, erwiderte Donald. »Es war keine Zeit zum Nachdenken. Was hätte ich denn tun sollen? Sie hat Micks Gesicht gesehen!«

Franzi ging auf, dass die beiden über sie sprachen. Sie spitzte die Ohren.

»Das hätte nicht passieren dürfen.« Die Katze bremste an einer roten Ampel. »Was sollen wir jetzt mit ihr anfangen?«

»Keine Ahnung. Uns wird schon was einfallen.«

Die Katze lachte höhnisch. »Toller Plan, echt! Ihr zwei seid solche Anfänger. Ich hätte die Sache allein durchziehen sollen ...«

»Spiel dich nicht so auf«, fuhr Donald sie an. »Wir sind ein Team, klar?«

»Tolles Team«, murrte die Katze.

Ihre Stimme klang noch ziemlich jung, genauso wie die von

Donald. Franzi schätzte sie auf ungefähr Anfang zwanzig. Höchstens. Das war gut. Wenn es keine Profis waren, würde es leichter sein, ihnen zu entwischen.
Vielleicht.
Franzi warf einen Blick aus dem Fenster. Sie standen immer noch an der roten Ampel. Neben ihnen wartete ein dunkler Kombi. Das Paar vorne war in ein Gespräch vertieft. Keiner von beiden sah zu ihr. Aber der kleine Junge auf der Rückbank schaute in ihre Richtung. Er war als Bockwurst verkleidet, was Franzi normalerweise ein Lächeln entlockt hätte. Aber danach war ihr im Moment überhaupt nicht zumute.
HILFE, formte sie lautlos mit den Lippen.
Der Junge sah sie ausdruckslos an.
POLIZEI!
Franzis Herz hämmerte gegen ihre Rippen. Wenn einer der drei Verbrecher im Auto mitbekam, was sie gerade versuchte, würde es Ärger geben.
Trotzdem, sie musste es noch mal versuchen.
HILFE! POLIZEI!
Die Ampel sprang auf Grün, der Bockwurst-Junge streckte ihr die Zunge raus und der Kombi fuhr davon.
Franzis ließ die Schultern hängen. Ihre Kehle wurde eng und Tränen brannten hinter ihren Augenlidern. Sie war froh, dass sie die Maske trug. Der schwarze Stoff gab ihr etwas Sicherheit. Jetzt bloß nicht weinen! Blinzelnd drehte sie sich vom Fenster weg. Ihr Blick kreuzte den von Mick. Franzi schluckte. Hatte er etwas gemerkt? Er sah sie unverwandt an. Doch in seinen

Augen lag kein Ärger, auch kein Vorwurf. Nur Angst und etwas, das vielleicht Mitgefühl war.
Die Katze und Donald stritten sich immer noch.
»Jetzt sag doch auch mal was, Mick!«, schimpfte Donald.
Hastig wandte Mick den Blick ab.
Franzi atmete tief durch. Die Gedanken summten durch ihren Kopf wie ein Schwarm nervöser Bienen. Sie durfte sich nicht ablenken lassen. Sie musste nachdenken. Einen Plan schmieden. Und diesen Gangstern entkommen.
Je eher, desto besser.

»Was sollen wir jetzt machen?« Kim klang beinahe hysterisch, was wirklich nicht oft vorkam. Normalerweise bewahrte sie selbst in den aussichtslosesten Situationen einen kühlen Kopf.
Auch Marie wurde von einer Panikwelle überrollt. Sie versuchte, einen klaren Gedanken zu fassen, doch stattdessen liefen schreckliche Szenen vor ihrem inneren Auge ab. Franzi war in der Gewalt von Verbrechern, die gerade einen Kiosk überfallen hatten. Die Kerle waren bewaffnet! Was hatten sie mit Franzi vor? Würden sie sie einsperren? Oder ihr etwas antun?
Marie sah Franzi vor sich, wie sie gefesselt und geknebelt in einem düsteren Keller saß, die Augen ängstlich aufgerissen, verzweifelt auf Rettung wartend ...
Laut grölend torkelten drei Mexikaner an Marie und Kim vorbei. Einer von ihnen umarmte eine Straßenlaterne und gab ihr einen schmatzenden Kuss, wobei sein Sombrero verrutschte.

Von Weitem war die Musik eines Spielmannszugs zu hören. Der Rosenmontagsumzug war immer noch in vollem Gange. Marie seufzte. Hatten sie wirklich gerade noch an der Straße gestanden und sich die bunt geschmückten Wagen angesehen? Bonbons aufgesammelt, gelacht und gefeiert? Es kam ihr vor, als wäre das schon eine Ewigkeit her.
Marie nahm die rote Maske ab, steckte sie in ihre Tasche und schüttelte sich das Konfetti aus den Haaren. Für sie war Karneval vorbei. Jetzt mussten sie handeln. Und zwar schnell. Sie sah zu Kim. »Hast du dir das Autokennzeichen gemerkt?«
Kim nickte. »Klar.«
Marie seufzte erleichtert. Kim war Detektivin mit Leib und Seele. Egal was passierte, sie hatte eine phänomenale Beobachtungsgabe. Ihr entging einfach nichts.
Mit zitternden Fingern zog Kim ihr Detektivtagebuch für unterwegs aus dem Rucksack. Es erstaunte Marie nicht wirklich, dass ihre Freundin das alte, abgegriffene Heft sogar zum Rosenmontagsumzug mitschleppte. Kim hatte es immer dabei, um alle wichtigen Details eines Falles sofort festhalten zu können. Detektivin mit Leib und Seele eben!
Kim notierte das Kennzeichen und steckte das Heft wieder ein. Dann zückte sie ihr Handy. »Ich rufe Kommissar Peters an. Er muss sofort eine Fahnung nach dem Fluchtwagen einleiten.«

Franzi dachte fieberhaft nach. Welche Möglichkeiten hatte sie? Erschreckend wenige, wie sie nach kurzem Überlegen feststellte. Sie konnte einfach abwarten. Kim und Marie würden bestimmt Himmel und Hölle in Bewegung setzen, um sie zu finden. Mit etwas Glück hatten sie sich das Autokennzeichen gemerkt. Wahrscheinlich würden sie den Kommissar informieren. Oder sich selbst auf die Suche nach ihr machen. Was zu Fuß oder mit den Rädern allerdings nicht besonders aussichtsreich war ...

Die zweite Möglichkeit bestand darin, selbst einen Fluchtversuch zu starten. Franzi hatte noch ein paarmal versucht, die Aufmerksamkeit anderer Autofahrer auf sich zu lenken, aber niemand hatte ihre Notlage erkannt. Die Leute waren in Feierlaune und schienen ihre verzweifelten Grimassen witzig zu finden. Sie hatten gelacht oder ihr zugewinkt. Franzi hatte es schließlich aufgegeben, bevor Donald oder die Katze etwas merkten.

So würde es nicht funktionieren. Es musste einen anderen Weg geben. Franzis Hand krampfte sich um den Griff der Autotür. Und wenn sie einfach aus dem fahrenden Wagen sprang? Sie versuchte, ihre Chancen abzuschätzen. Die Katze fuhr nicht besonders schnell, dazu waren die Straßen zu voll. Wie heftig würde der Aufprall auf dem Asphalt sein? Und wie groß die Gefahr, von einem anderen Wagen überrollt zu werden? Franzi schluckte. Nein, das war zu gefährlich.

Die Katze fluchte. »Verdammter Verkehr!«

Direkt vor ihnen sprang wieder eine Ampel auf Rot. Die Katze stieg auf die Bremse und der Wagen kam so abrupt zum Stehen, dass alle Köpfe nach vorne ruckten. Der Haarreif mit den Fledermausohren verrutschte und Franzi nahm ihn ab. Die

Verkleidung kam ihr plötzlich albern vor. Von wegen Superheldin! Sie hatte sich in einen riesengroßen Schlamassel manövriert – und keine Superheldenkräfte würden ihr da wieder raushelfen. Nur Geschick und Schnelligkeit.

»Kannst du nicht aufpassen?«, meckerte Donald.

»Fahr doch selber«, erwiderte die Katze genervt. »Idiot!«

Das war ihre Chance! Franzi warf einen Blick aus dem Fenster. Wenn sie sich beeilte, konnte sie es vielleicht auf die andere Straßenseite schaffen, bevor Mick, Donald und die Katze kapiert hatten, was los war. Direkt gegenüber lag eine Eisdiele. An einem Tisch auf dem Bürgersteig saßen ein paar Einhörner unter Heizpilzen und schlürften dampfenden Glühwein. In dem Café wäre sie in Sicherheit. Von dort aus konnte sie die Polizei rufen. Und Marie und Kim Bescheid sagen.

Franzi zögerte, während ihr Atem immer schneller ging und ihre Handflächen feucht wurden. Sollte sie es wagen? Was, wenn sie zu langsam war?

Egal, es war die einzige Möglichkeit. Vorsichtig löste sie den Sicherheitsgurt und spannte jeden einzelnen Muskel ihres Körpers an. Sie versuchte, alle Zweifel auszublenden und sich ganz auf ihr Ziel zu fokussieren. Sie musste in dieses Café. Jetzt oder nie!

Fluchtversuch und Handschellen

Franzi öffnete die Autotür und wollte hinausspringen, aber ihr langer Umhang hatte sich im Sicherheitsgurt verheddert. Plötzlich geschah alles gleichzeitig.
Donald fuhr herum. Seine Augen weiteten sich, als er sah, was sie vorhatte. »Hey, die will abhauen!«
Panisch zerrte Franzi am Gurt. Ihre Finger waren steif vor Angst.
»Mick!«, brüllte Donald.
Doch Mick sah Franzi nur mit einem seltsamen Blick an und rührte keinen Finger, um sie aufzuhalten.
»Ihr Idioten!«, kreischte die Katze. »Tut was!«
Endlich löste sich der Umhang. Franzi war schon mit einem Bein auf der Straße, als Donalds Hand zwischen den Sitzen hervorschoss. Seine Finger schlossen sich um ihren Oberarm. Franzi wand sich wie ein Aal, aber Donald hielt sie mit eisernem Griff fest. Er zerrte sie zurück in den Wagen und zog die Tür zu.
In diesem Moment sprang die Ampel auf Grün, die Katze

drückte aufs Gaspedal und Donald ließ sich wieder auf den Vordersitz fallen. Das Auto schoss über die Kreuzung und das Café verschwand aus Franzis Blickfeld.

Ihre Hoffnung verpuffte wie das weiße Kaninchen bei einer Zaubervorführung. Ihr Herz zog sich schmerzhaft zusammen. Sie hatte ihre Chance verspielt. Sie hatte hoch gepokert und verloren.

»Verdammt, was ist los mit dir, Mick?«, knurrte Donald. »Bist du dahinten eingeschlafen, oder was?«

»Sorry«, murmelte Mick. »Hab zu langsam reagiert.«

»Du hast *gar nicht* reagiert!« Die Katze warf Mick im Rückspiegel einen wütenden Blick zu. »Ich frag mich echt, warum wir dich mitgenommen haben.«

»Lass ihn in Ruhe.« Donalds Stimme klang scharf. »Er tut, was er kann. Stimmt's?«

»Ja, klar«, sagte Mick lahm.

»Hier.« Donald warf ihm etwas zu.

Mick hob die Hand und fing den Gegenstand reflexartig auf. Franzi schluckte, als sie sah, worum es sich handelte: ein Paar Handschellen!

»Was soll ich damit?«, fragte Mick verdutzt.

»Kleine Vorsichtsmaßnahme, damit Miss Fledermaus nicht noch mal auf dumme Gedanken kommt.« Donald grinste. »Wie gut, dass wir das Sträflingskostüm mit Zubehör bestellt haben!«

Unschlüssig ließ Mick die Handschellen von einer Hand in die andere gleiten.

»Mach schon«, drängte Donald. »Du kettest euch jetzt zusammen, dann kann sie nicht abhauen.«
»Muss das sein?« Mick runzelte die Stirn.
»Das ist nicht der richtige Moment zum Diskutieren, okay?«, fuhr Donald ihn an.
Widerwillig schloss Mick die Handschellen auf. Franzis Hände krampften sich in ihrem Schoß zusammen. Das Letzte, was sie wollte, war, mit einem dieser Verbrecher untrennbar verbunden zu werden. Auch wenn Mick der Netteste der Bande war.
»Darf ich?«, fragte er leise.
Franzi blieb reglos sitzen und sah stur geradeaus.
»Wird's bald?«, meckerte Donald. Etwas freundlicher fügte er hinzu: »Tu einfach, was wir sagen, dann passiert dir auch nichts.«
Vorsichtig griff Mick nach Franzis Arm. Es machte klick und sie fühlte das kühle Metall an ihrer Haut. Die andere Seite der Handschellen befestigte Mick an seinem eigenen Handgelenk.
»Na also, geht doch«, stellte Donald zufrieden fest, nachdem er einen kurzen Blick über die Schulter geworfen hatte.
Franzi biss sich auf die Unterlippe, um die Tränen zurückzuhalten, die sich schon wieder in ihrer Kehle sammelten.
Jetzt war jede Flucht unmöglich geworden.

»Warte!« Marie hielt Kims Arm fest, bevor sie die Nummer des Kommissars wählen konnte.
»Was ist denn?«, fragte Kim.
»Lass uns erst mal einen Moment nachdenken.« Marie run-

zelte die Stirn. »Ist es wirklich eine gute Idee, Kommissar Peters zu informieren?«

»Natürlich!« Kim nickte heftig. »Er muss nach dem Fluchtwagen fahnden, damit Franzi so schnell wie möglich gefunden und befreit wird.«

»Aber eine Großfahndung könnte für Franzi vielleicht gefährlich werden«, erwiderte Marie. »Was, wenn die Täter Panik bekommen und durchdrehen?«

Kim kaute nervös an ihrer Unterlippe. »Die Polizei weiß, was sie tut. Die sind bestimmt vorsichtig. Außerdem haben wir keine andere Möglichkeit.«

»Doch«, beharrte Marie. »Wir könnten erst mal zu zweit nach Franzi suchen.«

»Ich weiß nicht …« Kim sah unschlüssig auf das Handy in ihrer Hand. »Wir haben keine Ahnung, wo der Wagen hingefahren ist. Die könnten inzwischen überall sein.«

Eine Böe blies Marie die Haare ins Gesicht und sie schob gedankenverloren eine Strähne hinter das Ohr. Der Wind war eiskalt, aber das bemerkte sie kaum. Sie versuchte, sich zu konzentrieren, logisch zu denken und eine Entscheidung zu treffen. Eine gute Entscheidung.

Wenn es nur nicht so schwer gewesen wäre! Es hing so viel davon ab. Alles, um genau zu sein. Franzi verließ sich auf sie, sie durften sie nicht enttäuschen. Sie mussten das Richtige tun.

Aber was war richtig?

Und was falsch?

Franzi versuchte, nicht daran zu denken, dass sie jetzt unwiderruflich in diesem Auto festsaß. Zusammen mit drei Verbrechern, die immer nervöser wurden. Sie versuchte, sich abzulenken, indem sie an etwas Schönes dachte.
Blakes Gesicht tauchte vor ihrem inneren Auge auf. Sein fröhliches Lächeln und die Wärme in seinem Blick. Sie dachte an Marie und Kim, ihre besten Freundinnen, die bestimmt schon nach ihr suchten. Sie würden sie niemals im Stich lassen. Dieser Gedanke gab ihr Hoffnung.
Aber irgendwann ließ sich das kalte Metall an ihrem Handgelenk nicht länger ignorieren. Franzi bewegte vorsichtig die Finger, um die Durchblutung anzuregen. Dabei berührte sie aus Versehen Micks Hand. Sie zuckte zurück, als hätte sie einen Stromschlag bekommen.
Diese verdammten Handschellen! Langsam wurde sie richtig wütend. Was fiel diesen Verbrechern eigentlich ein? Sie behandelten sie, als wäre *sie* die Kriminelle. Das war echt das Letzte!
Im Auto herrschte angespanntes Schweigen, während sie durch den dichten Verkehr stadtauswärts rollten. Die Katze sprach als Erste.
»Was machen wir jetzt mit ihr?« Sie sprach natürlich von Franzi. »Irgendwelche Vorschläge?«
»Warum lassen wir sie nicht einfach irgendwo raus?«, schlug Mick vor.
»Spinnst du?« Donald schüttelte den Kopf. »Die rennt doch sofort zur Polizei.«
»Glaub ich nicht.« Mick warf Franzi einen schnellen Blick zu

und seine Fingerspitzen streiften ihre Hand. Ganz kurz nur. Oder hatte sie sich das nur eingebildet?
Die Katze lachte, aber es klang alles andere als fröhlich. »Du bist so naiv! Warum sollte sie uns nicht verpfeifen? Sie hat dein Gesicht gesehen und sie kennt unseren Wagen.«
»Wir können sie nicht gehen lassen.« Donalds Stimme klang so bestimmt, dass Franzi schauderte.
»Willst du sie etwa mitnehmen?«, fragte die Katze. Einen Moment schien sie kurz davor, die Fassung zu verlieren.
»Quatsch, natürlich nicht.« Donald seufzte. »Bevor wir abhauen, müssen wir sie loswerden.«
Franzi wurde es eiskalt. Bisher hatte sie ihre Angst halbwegs im Griff gehabt, aber jetzt schlugen die Panikwellen haushoch über ihr zusammen.
»Schon klar. Aber wie?«, wollte die Katze wissen.
»Keine Ahnung. Wir müssen uns was einfallen lassen.«
Franzi versuchte, die Stimmen ihrer Entführer auszublenden und ruhig zu atmen. Sie durfte jetzt nicht den Kopf verlieren. Sie brauchte einen Plan. Wenn sie doch nur Kim und Marie verständigen könnte! Die beiden würden alles versuchen, um sie zu befreien. Aber dazu mussten sie wissen, wo sich Franzi befand. Leider hatte sie selbst keine Ahnung, wohin sie fuhren. Momentan steckten sie immer noch im zähflüssigen Nachmittagsverkehr fest.
Plötzlich blitzte eine Idee in Franzis Kopf auf. Das Handy! Die Verbrecher hatten nicht daran gedacht, es ihr abzunehmen. Wahrscheinlich hatten sie es in all der Aufregung schlicht ver-

gessen. Noch ein Punkt, der dafür sprach, dass die drei keine Profis waren.

Das Telefon steckte in der linken Jackentasche. Wenn sie es irgendwie schaffte, unbemerkt eine Verbindung zu Marie oder Kim herzustellen, dann würden die beiden hören, was im Auto gesprochen wurde …

Langsam, ganz langsam bewegte Franzi den linken Arm zur Seite. Wie in Zeitlupe schob sie die Hand in die Jackentasche. Dabei blickte sie starr geradeaus. Aus den Augenwinkeln versuchte sie zu erkennen, ob Mick Verdacht schöpfte. Fiel ihm auf, wie nervös sie war? Spürte er, dass ihre Nerven zum Zerreißen gespannt waren?

Währenddessen diskutierten Donald und die Katze weiter darüber, was sie tun sollten.

»Wir müssen so schnell wie möglich raus aus der Stadt«, stellte die Katze fest.

»Ja, aber unseren ursprünglichen Plan können wir vergessen.« Donald kratzte sich unter der Plastikmaske. »Wir brauchen einen Plan B.«

»Tolle Idee«, lobte die Katze spöttisch. »Geht's auch etwas konkreter? Du könntest mir zum Beispiel sagen, wo ich jetzt hinfahren soll.«

»Keine Ahnung.« Stöhnend lehnte Donald den Hinterkopf gegen die Kopfstütze. »Ich muss nachdenken! Aber dazu brauche ich Zeit und Ruhe.«

»Wir haben weder das eine noch das andere«, erinnerte ihn die Katze.

Als Franzis Finger auf das glatte, kühle Display des Handys stießen, fühlte sie sich sofort besser. Das Handy war ihre Rettung! Vorausgesetzt, sie schaffte es, eine Verbindung herzustellen, ohne hinzusehen. Es aus der Tasche zu holen, war natürlich undenkbar. So unauffällig wie möglich tastete sie das Smartphone ab. Zum Glück wussten ihre Finger sofort, was zu tun war. Routiniert wischten und drückten sie auf dem Display herum, dann zog Franzi die Hand wieder aus der Tasche.
Ihr Herz klopfte so heftig, als hätte sie gerade einen Langstreckenlauf absolviert. Ihre Hände waren feucht vor Aufregung und ihr Mund war ganz trocken. Schnell warf sie einen Blick zu Mick hinüber, aber er sah aus dem Fenster, ohne sich an der Unterhaltung der anderen beiden zu beteiligen. Franzi atmete auf. Er schien nichts gemerkt zu haben.
Sie musste sich zusammenreißen, um nicht noch einmal nach dem Handy zu greifen. Am liebsten hätte sie nachgesehen, ob sie auch wirklich Maries Nummer erwischt hatte.
Hatte es funktioniert?

»Okay.« Marie nickte. »Wir informieren den Kommissar.« Sie hatte zwar immer noch kein gutes Gefühl bei dem Gedanken an eine Großfahndung, aber Kim hatte recht: Ihnen fehlte der Anhaltspunkt für eine Suchaktion auf eigene Faust. Solange sie nicht wussten, wohin das Auto mit Franzi unterwegs war, konnten sie nichts tun.
Kim rief die Nummer des Kommissars auf und wollte gerade die Verbindung herstellen, als Maries Handy in ihrer Hand-

tasche vibrierte. Genervt holte sie ihr Smartphone heraus. Eigentlich wollte sie den Anruf sofort wegdrücken, doch dann sah sie den Namen, der auf dem Display aufleuchtete.
FRANZI.
Marie sog scharf die Luft ein. »Warte!«
»Was ist?«, fragte Kim.
»Ein Anruf von Franzi.«
Kim ließ ihr Handy sinken. »Wie bitte?«
Für den Bruchteil einer Sekunde wurde Marie von einer grenzenlosen Erleichterung erfasst. Bestimmt war alles nur ein Missverständnis gewesen! Ein Karnevalsscherz, der aus dem Ruder gelaufen war. Inzwischen hatte sich die Sache geklärt und die drei hatten Franzi irgendwo rausgelassen. Jetzt rief sie an, damit Marie und Kim sie abholten. Später würden sie über die ganze Angelegenheit lachen …
Das Handy klingelte immer noch. Es klang mit jedem Mal dringlicher.
»Geh schon dran«, drängte Kim.
Marie drückte auf das grüne Symbol und rief: »Hallo, Franzi?«
Niemand antwortete. Stille am anderen Ende der Leitung.
»Wo steckst du?«, versuchte Marie es noch einmal. »Was ist los? Geht's dir gut?«
Immer noch keine Reaktion. Statt Franzis Stimme hörte Marie leises Rauschen. Sie stellte das Telefon laut.
Kim runzelte die Stirn. »Was ist das?«
Marie zuckte mit den Schultern. »Könnten Motorengeräusche sein.«

Die Erleichterung, die sie eben noch gespürt hatte, verschwand so schnell, wie sie gekommen war. Nein, es war kein Missverständnis gewesen. Franzi befand sich tatsächlich in der Hand von Entführern. Aber sie hatte es irgendwie geschafft, einen Notruf abzusetzen.
»Franzi!«, rief Kim. »Sag uns, wo du bist!«

Notruf von Franzi

Franzis Herzschlag beschleunigte sich, als sie die Stimme wahrnahm, die ganz leise aus dem Handy in ihrer Tasche drang. Es hatte geklappt! Sie hatte tatsächlich eine Verbindung zu Maries Telefon hergestellt. Mit etwas Glück konnten Kim und Marie jetzt alles hören, was im Auto gesprochen wurde ...

Franzi spürte den Seitenblick, den Mick ihr zuwarf. Hatte er etwas mitbekommen? Würde er gleich fragen, woher diese seltsame Stimme gekommen war? Franzi verkrampfte sich und sah stur geradeaus, aber nichts geschah. Mick schwieg, während die Katze und Donald sich vorne schon wieder stritten.

Franzi überlegte fieberhaft. Sie musste irgendwie dafür sorgen, dass ihre Freundinnen möglichst viele Informationen bekamen. Nervös fuhr sie sich mit der Zunge über die trockenen Lippen und räusperte sich.

»Wohin fahren wir eigentlich?« Sie hatte vorgehabt, einen lockeren Plauderton anzuschlagen, aber es klappte nicht. Ihre Stimme klang kratzig und rau, als würde sie nach langer Zeit zum ersten Mal wieder sprechen.

»Gute Frage«, sagte die Katze ironisch. »Das wüsste ich auch gerne.«
Franzi starrte aus dem Fenster und versuchte, sich zu orientieren. Wo waren sie?
»Hier rechts geht es doch zum alten Hafen, oder?«, fragte sie, ohne wirklich eine Antwort zu erwarten. »Und da vorne ist die alte Spinnerei.«
»Klappe!«, fuhr Donald sie an. Er flüsterte der Katze etwas zu. Sie nickte.
»Kennt ihr den Italiener dort drüben?« Mick zeigte auf ein Backsteingebäude, an dem sie gerade vorbeifuhren. »*Mamma Mia*. Da gibt's superleckere Pizza.«
Täuschte sich Franzi oder hatte er extralaut gesprochen? Hatte er ihren Plan durchschaut? Versuchte er gerade, ihr zu helfen? Oder war das nur ein Zufall? Sie war sich nicht sicher …
»Willst du jetzt etwa essen gehen, oder was?«, fragte Donald ungläubig. »Wir haben gerade echt andere Probleme, falls du es noch nicht gemerkt hast.«
»Mick ist ein Kind«, meckerte die Katze. »Er ist viel zu unreif für so eine Aktion. Das hab ich dir von Anfang an gesagt. Aber du wolltest ja nicht auf mich hören!« Sie setzte den Blinker und bog ab.
Franzi bemerkte ein Schild am Straßenrand. »He, hier geht's ja zum alten Campingplatz. Habt ihr da einen Wohnwagen?«
»Klappe!«, wiederholte Donald. »Du erfährst noch früh genug, wohin die Reise geht.«
Sein fieses Grinsen jagte Franzi einen Schauder über den Rü-

cken. Sie schluckte. Wieder berührten Micks Finger kurz ihre Hand. Dieses Mal war es eindeutig keine Einbildung. Als Franzi zu ihm sah, erwiderte er ihren Blick. Zum ersten Mal schaute sie ihn richtig an. Seine dunklen kurzen Haare standen unordentlich vom Kopf ab und seine braunen Augen wirkten traurig und besorgt. Doch seine Mundwinkel hoben sich beinahe unmerklich. Die Andeutung eines Lächelns. Franzi lächelte nicht zurück. Trotzdem fühlte sie sich ein klein wenig getröstet.

Marie hielt das Handy möglichst nah ans Ohr und lauschte.
»*Hier rechts geht es doch zum Hafen, oder? Und da vorne ist die alte Spinnerei.*«
Franzis Stimme klang etwas gedämpft, war aber trotzdem gut zu verstehen.
Maries Herz begann aufgeregt zu klopfen. »Sie versucht, uns den Weg zu beschreiben!«
Hastig zog Kim das Detektivtagebuch aus dem Rucksack und kritzelte die Informationen hinein.
»*Kennt ihr den Italiener dort drüben?* Mamma Mia. *Da gibt's superleckere Pizza.*«
Eine männliche Stimme, die Marie nicht zuordnen konnte. Das musste einer der Entführer sein. Er klang noch ziemlich jung. Sie tippte auf den Typ, dem Franzi die Maske heruntergerissen hatte.
Kim schrieb immer noch mit. »*Mamma Mia …*«, murmelte sie. »Ich glaube, da war ich schon mal mit meinen Eltern. Sie fahren Richtung Süden!«

Zwei als Astronauten verkleidete Jungs kamen auf dem Bürgersteig vorbei. Der eine trug seinen Helm unter dem Arm. Mit der anderen Hand versuchte er, seinem Freund eine Tüte zu entreißen.
»Gib her! Das sind meine Bonbons!«
»Stimmt nicht. Ich hab sie gesammelt.«
»Nein, ich!«
»Die gehören mir.«
»Nein, mir!«
»Pst!«, machte Marie ärgerlich, aber die Jungs achteten nicht auf sie. Völlig in ihren Streit vertieft liefen sie weiter.
»… echt andere Probleme, falls du es noch nicht gemerkt hast.«
Noch eine Männerstimme drang aus dem Telefon. Der zweite Entführer?
Ein Auto mit heruntergelassenen Fenstern und aufgedrehter Musikanlage fuhr vorbei. Die Bässe wummerten so heftig, dass Marie sie bis in die Magengrube spüren konnte.
»Verdammt«, zischte sie. »Es ist viel zu laut hier.«
»Da rüber!« Kim zog sie in einen Hauseingang.
»Mick ist ein Kind. Er ist viel zu unreif für so eine Aktion. Das hab ich dir von Anfang an gesagt. Aber du wolltest ja nicht auf mich hören!«
Eine weibliche Stimme, die ziemlich kratzbürstig klang. Die Frau im Katzenkostüm! Die Fahrerin des Fluchtwagens.
Es war immer noch das gleichmäßige Rauschen zu hören. Wahrscheinlich der Motor. Aber da war noch ein anderes Geräusch. Ganz leise nur. Was war das?

Marie spitzte die Ohren und versuchte, alles andere auszublenden. Die Menschen, die auf dem Bürgersteig vorbeiliefen, die Musik, die vom Umzug herüberschallte, die Autos auf der Straße. Sie schloss die Augen und konzentrierte sich ganz auf das, was sie hörte. Ein Klacken. Kaum wahrnehmbar und absolut gleichmäßig.

Klack – klack – klack – klack ...

Plötzlich wusste sie es. »Ein Blinker!«, rief sie aufgeregt. »Das ist ein Blinker. Sie biegen ab.«

Kim machte sich eine Notiz.

»*He, hier geht's ja zum alten Campingplatz. Habt ihr da einen Wohnwagen?*«

Franzis Stimme. Sie klang gefasst, aber Marie konnte trotzdem die Angst hören, die darin mitschwang. Es schnürte ihr die Kehle zusammen. Sie hätte Franzi so gerne Mut zugesprochen, aber das war unmöglich. Alles, was sie tun konnte, war, ihrer Freundin ein paar positive Gedanken zu schicken.

Gib nicht auf, Franzi! Du bist nicht allein. Wir helfen dir. Wir werden alles tun, um dich zu befreien. Bleib stark!

»Campingplatz ...« Kims Kugelschreiber flog über das Papier.

»*Klappe! Du erfährst noch früh genug, wohin die Reise geht.*«

Marie bekam eine Gänsehaut. Wieder diese Männerstimme. Sie war dunkler als die des anderen Typs. Und klang wesentlich aggressiver.

»Weiter!«, zischte Kim. »Mach schon, Franzi! Wo fahrt ihr hin?«

Aber ehe sie mehr hören konnten, lief ein ganzer Trupp fröh-

licher Karnevalisten vorbei, die laut sangen. Sie trugen bunte Perücken und waren grell geschminkt.
Marie stöhnte. »Oh nein!«
Als die Feiernden genau auf Höhe des Hauseingangs waren, in dem Marie und Kim standen, zog ein Clown mit roter Plastiknase und Lockenperücke eine Ballhupe hervor und drückte mehrmals kräftig darauf. Das Hupen war so laut, dass Marie zusammenzuckte und vor Schreck das Handy fallen ließ.
»Mist!« Hastig bückte sie sich und hob das Smartphone auf.
»Funktioniert es noch?«, fragte Kim besorgt.
Marie drückte eine Taste und seufzte erleichtert, als das Display wie gewohnt aufleuchtete. Es schien alles in Ordnung zu sein. Auch die Verbindung zu Franzis Handy stand noch. Allerdings war nichts mehr zu hören. Marie hielt sich das Telefon ans Ohr und lauschte. Hoffentlich hatten sie keine wichtigen Informationen verpasst ...
Plötzlich drangen seltsame Geräusche aus dem Lautsprecher. Marie runzelte die Stirn. Was war da los? Abgehackte Stimmen, die nicht richtig zu verstehen waren. Mehrere Personen schienen durcheinanderzureden, dann war es plötzlich still. Nur noch das leise Rauschen im Hintergrund.
Und dann: nichts mehr.
»Franzi?«, rief Marie. Sie starrte auf das Display.
»Verdammt.« Kims Stimme klang gepresst. »Die Verbindung ist abgebrochen.«
Marie schluckte. Was war passiert?

Franzis Gedanken überschlugen sich. Wie konnte sie den Entführern weitere Informationen entlocken? Je mehr Einzelheiten Kim und Marie wussten, desto besser standen die Chancen, dass sie ihre Fährte aufnahmen.
Inzwischen war der Verkehr nicht mehr so dicht. Zügig fuhren sie auf einer Landstraße stadtauswärts. Franzi versuchte, sich zu orientieren. Wenn sie nicht alles täuschte, waren sie Richtung Süden unterwegs. Immer weniger Häuser erhoben sich am Straßenrand. Ein Supermarkt, eine Tankstelle, eine leer stehende Autowerkstatt. Dann folgten nur noch abgeerntete Felder, die sich bis zum Horizont erstreckten, hin und wieder unterbrochen von schmalen Streifen mit Baum- und Strauchbewuchs. Die Februarsonne kam hinter den dichten Wolken hervor und tauchte die Landschaft in kühles Licht.
Die Katze und Donald schwiegen. Beide schienen in ihre Gedanken vertieft zu sein. Wahrscheinlich grübelten sie darüber nach, was sie mit ihr anstellen sollten. Franzi wollte gerade etwas sagen, um das Gespräch wieder in Gang zu bringen, als ein seltsames Geräusch ertönte. Es klang wie eine Art Hupen und war nicht zu überhören. Franzi erstarrte, als ihr klar wurde, dass der Ton aus dem Handy in ihrer Tasche kam.
Donald setzte sich mit einem Ruck auf. »Was war das?«
»Das kam von hinten. Mick?« Die Katze warf einen misstrauischen Blick in den Rückspiegel.
Mick zuckte mit den Schultern. »Keine Ahnung. Vielleicht hat hinter uns ein Auto gehupt.«
»Hinter uns ist kein Auto«, stellte die Katze fest.

»Durchsuch das Mädchen«, befahl Donald.
»Warum habt ihr das nicht gleich gemacht?« Die Katze begann wieder, mit den Fingernägeln auf das Lenkrad zu trommeln. »Die hat doch bestimmt ein Handy dabei. Und Handys kann man orten.«
Franzi schluckte. Verdammt! Was sollte sie jetzt machen? Wenn die Verbrecher das Handy fanden, hatte sie ein Problem. Sie sandte einen stummen Hilfeschrei zu Kim und Marie.
Tut was! Helft mir! Rettet mich!
Mick schien auch nicht gerade begeistert von dem Auftrag. »Wie soll ich sie denn durchsuchen? Ich hab nur eine Hand frei, schon vergessen?« Er hielt die Hand mit der Handschelle hoch. Automatisch ging auch Franzis Arm in die Höhe.
»Jaul nicht rum.« Donald klang allmählich richtig sauer. »Tu einfach, was ich dir sage. Fang mit der Tasche an.«
Er zeigte auf Franzis Umhängetasche, die neben ihr auf der Rückbank lag.
Widerwillig griff Mick nach der Tasche und wühlte nicht allzu motiviert darin herum. »Hier ist kein Handy.«
»Dann hat sie es in der Jacke.« Die Katze warf Mick einen auffordernden Blick zu. »Jetzt mach schon!«
Mick sah Franzi an. »Gibst du mir bitte dein Handy?«
»Ich hab keins dabei.«
Die Katze lachte. »Unsinn!«
»Sie lügt«, knurrte Donald.
Micks Blick war immer noch auf Franzi gerichtet. Er sah irgendwie gequält aus. Langsam streckte er die Hand aus. »Bit-

te«, sagte er. Etwas leiser fügte er hinzu: »Sonst machst du es uns beiden nur noch schwerer.«
Franzi zögerte. Das Handy war ihre letzte Verbindung zur Außenwelt. Die Nabelschnur, die sie mit Marie und Kim verband. Ihre einzige Chance darauf, gerettet zu werden. Aber wenn Mick sie wirklich durchsuchte, würde er es sowieso finden. Er blickte sie unverwandt an.
Seufzend zog Franzi das Handy aus ihrer Jackentasche und gab es ihm. Im selben Moment fiel ihr siedend heiß ein, dass sie den Anruf nicht beendet hatte. Wenn die Entführer merkten, dass die ganze Zeit jemand mitgehört hatte, würden sie garantiert stinksauer werden. Und vielleicht in Panik geraten. Verdammt!

Mick warf einen schnellen Blick auf das Display und unterbrach die Verbindung, bevor Donald nach hinten griff und ihm das Telefon aus der Hand riss.
»Weg mit dem Ding!« Er ließ die Fensterscheibe herunter.
»Nein!«, rief Franzi.
Aber es war zu spät. Donald hatte das Handy bereits mit einer schnellen Bewegung aus dem Auto geworfen. Es flog in hohem Bogen durch die Luft und das kurze Aufblitzen des Displays in der Sonne war wie ein letzter Gruß. Als es irgendwo weit hinter dem roten Kleinwagen scheppernd am Straßenrand landete, hatte Franzi den Blick schon abgewandt. Sie musste sich zusammenreißen, um nicht vor Wut und Verzweiflung loszubrüllen. So ein Mist! Jetzt war sie völlig auf sich gestellt.
Oder?

Franzi warf einen verstohlenen Seitenblick zu Mick. Wieso hatte er ihr geholfen? Wieso hatte er seinen Komplizen nicht verraten, dass sie heimlich jemanden angerufen hatte? Vielleicht war sie ja doch nicht ganz allein.

Auf der richtigen Spur?

»Was machen wir jetzt?«, fragte Kim.

»Wir warten.« Marie starrte immer noch auf das Display ihres Telefons. »Vielleicht ruft Franzi ja gleich noch mal an.«

Die Sekunden verstrichen quälend langsam, aber das Handy blieb stumm.

»Und wenn wir sie anrufen?«, überlegte Marie.

Kim schüttelte den Kopf. »Lieber nicht. Falls sie noch mit den Typen im Auto sitzt, würden die den Klingelton hören und ihr das Handy garantiert abnehmen. Wenn sie das nicht schon getan haben ...«

Marie zog fröstelnd die Schultern hoch. Was war gerade passiert? Hatten die Verbrecher mitbekommen, dass Franzi sie heimlich angerufen hatte? Hatte es Streit gegeben? Angst kroch durch Maries Adern wie ein schleichendes Gift.

Nicht daran denken! Wenn du dich von deiner Angst lähmen lässt, bist du Franzi keine Hilfe.

Marie seufzte. Sie brauchten einen Plan. Und zwar einen richtig guten.

»Wir sollten Kommissar Peters informieren«, sagte Kim eindringlich. »Jetzt!«
Marie nickte langsam. »Du hast recht.«
Kim holte ihr Handy hervor und wählte die Nummer des Kommissars. Sie wartete kurz, dann seufzte sie. »Es geht nur die Mailbox ran. Soll ich eine Nachricht hinterlassen?«
Marie zuckte mit den Schultern. »Keine Ahnung.«
Kim räusperte sich. »Ja … hallo … hier spricht Kim Jülich. Ich … wir haben ein Problem. Rufen Sie mich bitte so schnell wie möglich zurück, wenn Sie das abgehört haben. Danke.« Sie unterbrach die Verbindung.
»Vielleicht hat er frei und ist auf einer Faschingsparty«, vermutete Marie. Aber so richtig konnte sie sich den Kommissar nicht in Kostüm und ausgelassener Feierlaune vorstellen.
»Ich schätze, er ist irgendwo im Einsatz«, sagte Kim. »Bestimmt meldet er sich bald.«
»So lange können wir nicht warten.« Die Unruhe kribbelte in Maries Körper wie tausend Ameisen. »Wir müssen Franzi suchen! Immerhin haben wir jetzt eine Spur.«
»Okay.« Kim steckte ihr Handy weg. »Wir brauchen einen Stadtplan und dann versuchen wir, Franzis Hinweisen zu folgen.«
»Prima!« Marie rief eine Übersichtskarte der Umgebung auf ihrem Smartphone auf und markierte ihren Standort. »Von hier sind sie gestartet und dort hinten rechts abgebogen.«
»Wahrscheinlich sind sie eine Weile auf dem Stadtwall geblieben«, vermutete Kim. »Dort dürfte um diese Uhrzeit jede

Menge Verkehr sein, also sind sie bestimmt nur langsam vorangekommen.«
»Was war noch mal Franzis erster Hinweis?«, fragte Marie.
Kim blätterte in ihrem Detektivtagebuch. »Der Hafen. Und die alte Spinnerei.«
Marie zoomte einen Ausschnitt der Karte heran. »Hier!« Sie tippte auf das Display. »Da ist der Hafen. Und gleich um die Ecke die Spinnerei.«
Kim schlug das abgegriffene Heft mit den Eselsohren zu. »Nichts wie hin!«

Sie fuhren immer noch auf der Landstraße. Die Katze drückte aufs Gas und der Wagen schoss an Stoppelfeldern und kahlen Bäumen vorbei.
Franzi schielte zu ihrer Tasche. Sie lag direkt neben ihr und war doch unerreichbar. Wenn sie nur unbemerkt einen Zettel und einen Stift herausholen könnte, um Marie und Kim eine Nachricht zu schreiben. Aber das war unmöglich.
Mit dem Mut der Verzweiflung tastete sie nach ihrer Jackentasche. Eigentlich wusste sie, dass nichts darin war – abgesehen von einem benutzten Taschentuch. Aber vielleicht steckte dort ja doch wie durch ein Wunder irgendetwas, das ihr helfen konnte. Tatsächlich stießen ihre Finger auf etwas Hartes, Rundes.
Die Bonbons!
Die Zitronenbonbons, die sie vorhin beim Umzug gesammelt hatte, hatte sie völlig vergessen. Leider waren sie komplett nutz-

los. Es sei denn, sie versuchte, ihre Entführer mit Bonbons zu bestechen …

Ein hysterisches Kichern kroch Franzis Kehle hinauf, doch sie riss sich zusammen. Jetzt bloß nicht durchdrehen!

Denk nach, Franzi! Es muss eine Lösung geben …

Und plötzlich hatte sie eine Idee. Sie war so einfach wie genial, wenn auch nicht ohne Risiko. Aber das musste sie in Kauf nehmen. Besser aufs Ganze gehen als untätig herumsitzen und die Hände in den Schoß legen.

Franzi hielt sich mit der freien Hand den Bauch und stöhnte leise.

»Was ist los?«, fragte Mick. »Geht's dir nicht gut?« Er klang tatsächlich besorgt.

Franzi verzog das Gesicht. »Mir ist schlecht. Ich vertrage das Autofahren nicht.« Es fiel ihr nicht schwer, ihre Stimme kläglich klingen zu lassen.

»Stell dich nicht so an«, schnauzte Donald.

»Wir sind bald da«, sagte Mick. »Es dauert nicht mehr lange.«

Franzi krümmte sich zusammen. »Ich brauche frische Luft! Können wir vielleicht ein Fenster aufmachen?«

»Klar.« Mick griff an ihr vorbei und drückte auf den Fensterheber. Leise surrend fuhr die Scheibe herunter und klare, kalte Luft strömte herein.

Franzi lehnte sich zurück, die Hand immer noch auf dem Bauch, und atmete tief ein. Der unverbrauchte Sauerstoff tat gut, auch wenn sie natürlich keine Bauchschmerzen hatte. Sie

hatte erreicht, was sie wollte. Ein geöffnetes Fenster, direkt neben ihr.
Ganz langsam schob sie die Hand in die Jackentasche und zog ein Bonbon heraus. Sie versteckte es in der Faust und beobachtete aus den Augenwinkeln ihre Entführer. Die Katze blickte konzentriert auf die Straße und Donald fummelte am Radio herum. Nur Mick sah sie immer noch besorgt an. Als er endlich den Blick abwandte, warf Franzi das Bonbon blitzschnell aus dem Fenster.

Marie saß auf ihrem Fahrrad und trat kräftig in die Pedale. Kim war direkt hinter ihr. Die Bewegung tat gut. Sie verscheuchte die lähmende Angst. Endlich konnten sie etwas tun! Sie hatten den Stadtwall hinter sich gelassen und fuhren in Richtung Hafen.
»Da vorne ist die alte Spinnerei.« Marie deutete auf ein verfallenes Gebäude, dessen hoher Turm wie ein mahnender Zeigefinger in den Himmel ragte. Die Sonne war herausgekommen und ließ eine zerbrochene Fensterscheibe aufblitzen. »Und hier geht es zum Hafen.«
»Stopp!«, rief Kim. »Lass uns noch mal auf die Karte schauen.«
Marie bremste und holte ihr Handy hervor. »Wir sind hier.« Sie deutete auf einen roten Punkt. »Als Nächstes müssten wir an der Pizzeria vorbeikommen. Irgendwann danach ist das Auto abgebogen.«
»Okay, weiter.« Kim sprang auf ihr Rad.
Sie folgten der Straße, die stadtauswärts Richtung Süden führte.

»Dort drüben ist ein Italiener!« Marie sah zu einem Backsteingebäude auf der anderen Straßenseite. Über der Tür hing ein Schild mit der Aufschrift *Mamma Mia.*
Kim nickte. »Hier war ich tatsächlich schon mal. Die Pizza ist wirklich gut.«
Marie fuhr langsamer. Wo waren die Entführer abgebogen? Die nächste Querstraße war eine Sackgasse, danach folgte eine kleine Spielstraße mit Einfamilienhäusern. Weiter hinten kam eine große Kreuzung in Sicht.
»Wir fahren bis zur Kreuzung, okay?« Marie beschleunigte. Sie versuchte sich vorzustellen, wie Franzi hier entlanggefahren war, in einem Auto mit drei Kriminellen, das Handy in ihrer Tasche heimlich aktiviert. Was war ihr durch den Kopf gegangen? Hatte sie große Angst gehabt? Wie ging es ihr jetzt?
Halt durch, Franzi! Wir kommen!
An der Kreuzung hielt Marie an. »Irgendwo hier müssen sie abgebogen sein. Aber in welche Richtung?«
»Franzi hat was von einem Campingplatz gesagt.«
»Da!« Marie hatte ein schiefes Schild entdeckt, das ein Stück weiter am Straßenrand stand. Die Buchstaben waren schon etwas verblichen, trotzdem konnte man sie noch lesen. »*Alter Campingplatz.* Das muss es sein!«
Die Detektivinnen schwangen sich wieder auf ihre Räder und bogen in die Landstraße ein, die weiter in südliche Richtung führte. Sie kamen an einem Supermarkt und einer Tankstelle vorbei. In Maries Magen kribbelte es. Sie waren auf der richtigen Spur, das spürte sie!

Die Straße war wenig befahren, nur selten wurden sie von Autos überholt. Automatisch hielt Marie nach einem roten Kleinwagen Ausschau, aber das war natürlich Unsinn. Der Wagen der Entführer war längst über alle Berge.

Ein flaches, verwittertes Gebäude tauchte rechts von ihnen auf. Das große Tor war verrammelt und auf dem Hof hatten sich welkes Laub vom letzten Herbst und der Abfall vorbeifahrender Autofahrer angesammelt. Eine Autowerkstatt, die schon vor langer Zeit den Betrieb eingestellt hatte.

»Wohin fahren wir jetzt?«, rief Kim von hinten. Marie drosselte das Tempo und Kim schob sich neben sie. »Der alte Campingplatz war der letzte Hinweis. Meinst du, sie wollten dorthin?«

Marie überlegte. »Gut möglich. Vielleicht haben sie dort einen Unterschlupf. Warte, ich schau mal nach, wie weit es noch ist.« Sie hielt an und zog ihr Handy hervor. »Ungefähr fünf Kilometer die Straße runter. Das schaffen wir locker mit den Rädern.«

Kim seufzte. Sie war nicht besonders sportlich und fand, dass körperliche Betätigung grundsätzlich überbewertet wurde. Aber sie beschwerte sich kein bisschen, was Marie ihr hoch anrechnete. Für Franzi war Kim kein Weg zu weit.

Marie wollte gerade wieder auf ihr Rad steigen, als etwas ihre Aufmerksamkeit erregte. Ein Gegenstand, der am Straßenrand lag.

»Was ist das?« Marie bückte sich und hob den Gegenstand auf. Es war ein Smartphone mit gesprungenem Display. Maries

Herzschlag beschleunigte sich, als sie den *I ♥ Horses*-Sticker auf der Rückseite erkannte. »Franzis Handy!«
»Was?« Kim schnappte nach Luft. »Bist du sicher?«
»Ganz sicher.« Marie drückte ein paar Tasten, aber das Display blieb schwarz. »Scheint kaputt zu sein. Wie kommt es hierher? Meinst du, es ist aus dem Auto gefallen?«
Kim betrachtete nachdenklich das Handy. »Ich glaube eher, jemand hat es geworfen.«
»Franzi?«
»Oder einer der Entführer.« Kim schob sich eine kurze Haarsträhne aus der Stirn. Sie trug immer noch den Hexenhut und ihre schwarzen Lippen hoben sich hell gegen die gepuderte Haut ab. Es schien Marie ewig her zu sein, dass sie in ihrem Zimmer gestanden, ihre Kostüme angezogen und sich geschminkt hatten.
»Du meinst, sie haben Franzi das Telefon abgenommen und es aus dem Fenster geschmissen?«, fragte Marie.
Kim nickte. »Den Typen traue ich alles zu. Wahrscheinlich waren sie stinksauer, als sie mitbekommen haben, dass Franzi uns heimlich angerufen hat.«
Marie ballte die Fäuste. »Wenn diese Kerle Franzi auch nur ein Haar krümmen, dann ... dann ...« Ihr fiel keine angemessene Drohung ein. Sie steckte das kaputte Handy ein. »Fahren wir weiter.«
Die Sonne verschwand hinter dichten Wolken und ein eisiger Wind kam auf, aber Marie ignorierte die Kälte, die durch ihre dünne Jacke drang. Mit grimmiger Miene strampelte sie los.

Vorbei an brachliegenden Feldern und kahlen Bäumen. Die Landschaft wirkte trostlos und verlassen. Schweigend legten sie die nächsten Kilometer zurück. Marie hörte nur das Pfeifen des Windes und Kims Keuchen hinter sich. Mechanisch trat sie in die Pedale. Rechts, links, rechts, links ...

»Stopp!«, rief Kim irgendwann. »Da ist die Abzweigung zum Campingplatz.«

Marie bremste. Rechts wand sich eine schmale, von kränklich aussehenden Birken gesäumte Schotterstraße zwischen den Feldern entlang. Ein Schild wies den Weg zum Campingplatz.

»Was steht da?« Marie beugte sich zu dem Schild hinab. Wind und Wetter hatten den Buchstaben zugesetzt, sodass sie kaum noch zu erkennen waren. Quer über den Schriftzug hatte jemand rotes Klebeband geklebt. Darauf stand: GESCHLOSSEN.

»Mist!« Kim schlug mit der Hand auf ihren Fahrradlenker. »Wahrscheinlich macht der Campingplatz erst im Frühling wieder auf. Wenn überhaupt.«

Marie nickte. »Aber wer sagt denn, dass die Verbrecher sich nicht trotzdem dort versteckt haben? Ein verlassener Campingplatz ist bestimmt ein prima Unterschlupf.«

»Meinst du?« Kim überlegte. »Vielleicht sind sie auch weitergefahren. Inzwischen könnten sie sonst wo sein ... Davon abgesehen können wir nicht zu zweit einen ganzen Campingplatz absuchen. Das würde ewig dauern!«

Marie seufzte. Kim hatte recht. Sie durften keine Zeit mit falschen Spuren vergeuden. Sie mussten Franzi so schnell wie mög-

lich finden. Aber woher sollten sie wissen, wohin die Entführer gefahren waren?
Welcher Weg war der richtige?
Abbiegen oder geradeaus fahren?
Unschlüssig sah Marie von dem Schotterweg zur Landstraße, die sich wie ein graues Band zwischen den Feldern entlangschlängelte.
»Moment mal!« Kim wirkte plötzlich wie elektrisiert. Sie rollte auf ihrem Rad ein paar Meter weiter und hob etwas auf, das neben der Straße im gefrorenen Gras lag. Triumphierend hielt sie es hoch.
Marie riss überrascht die Augen auf. »Ein Bonbon?«

Fast wie im Märchen

Donald hatte das Radio angestellt. Ein Schlager dröhnte aus den Lautsprechern und übertönte das Schweigen im Auto.
»Mach den Mist aus«, schimpfte die Katze.
Donald probierte verschiedene Sender aus. Erst war klassische Musik zu hören, dann Hiphop, schließlich ein Song der *Boyzzzz*.
Franzi, die gerade noch ein Bonbon auf die Straße fallen ließ, schluckte. Ihre Lieblingsband! Normalerweise sang sie bei dem Song immer laut mit, zuletzt vor ein paar Tagen zu Hause in der Küche. Ihre Schwester Chrissie hatte nach den ersten Takten mit einem Geschirrtuch nach ihr geworfen und gerufen: »Schluss jetzt, davon kriegt man ja Ohrenschmerzen!« Sie hatten beide gelacht.
Tränen stiegen Franzi in die Augen. Chrissie! Ihre Eltern. Der gemütliche Bauernhof, auf dem sie alle zusammen wohnten. Die Weide, auf der ihre Rappstute Tinka friedlich graste. Wie gern wäre sie jetzt dort gewesen, hätte Tinkas weiches Maul gestreichelt und sich ganz eng an sie geschmiegt …
Der Song war vorbei, die Nachrichten begannen.

»*Achtung, eine Eilmeldung*«, verkündete der Sprecher. »*In der Innenstadt wurde heute Nachmittag ein Kiosk überfallen. Die beiden bewaffneten Täter trugen Sträflingskostüme und nutzten die vollen Straßen während des Rosenmontagsumzugs, um unerkannt zu fliehen. Die Polizei bittet die Bevölkerung um Mithilfe. Zeugen werden gebeten, die 110 zu wählen oder sich an jede Polizeidienststelle zu wenden.*«

»Das sind wir!«, jubelte die Katze. »Habt ihr das gehört? Wir sind im Radio!«

»Cool.« Donald grinste. »Und sie haben nichts von einem roten Wagen gesagt. Also wissen sie nicht, wie wir geflohen sind.«

Die Katze winkte ab. »Die wissen gar nichts. Ich sag's euch, unser Plan geht hundertprozentig auf.«

»Na ja, zumindest fast.« Donald warf Franzi einen düsteren Blick zu. Fast so, als wäre es ihre Schuld, dass sie gekidnappt worden war.

»Wir fahren jetzt erst mal zur Hütte und dann sehen wir weiter. Uns fällt schon eine Lösung ein.« Die Katze klang plötzlich beinahe zuversichtlich. Dass im Radio über den Überfall berichtet worden war, schien sie richtig zu beflügeln.

Mick schwieg.

Franzi wartete, bis niemand zu ihr sah, und warf schnell das nächste Zitronenbonbon aus dem Fenster. Sie hatten die Felder hinter sich gelassen und fuhren durch ein Waldgebiet. Kiefern, Fichten und vereinzelte Laubbäume säumten die Straße. Franzi stellte sich die Bonbons vor, die sich wie eine Schnur aus gelben Perlen hinter ihr am Straßenrand aufreihten. Ob Marie

und Franzi sie finden würden? Würden sie ihrer Spur folgen? Bei *Hänsel und Gretel* hatte es schließlich auch geklappt. Allerdings nur beim ersten Mal. Franzis Oma Lotti hatte ihr das Märchen früher oft vorgelesen. Aber das war lange her. Wenn sie sich richtig erinnerte, hatten beim zweiten Versuch die Vögel die Brotkrumen aufgepickt, die Hänsel auf den Weg geworfen hatte. Zum Glück fraßen Vögel keine Zitronenbonbons.
Das Märchen von *Hänsel und Gretel* war gut ausgegangen. Aber dies war kein Märchen, sondern die Wirklichkeit. Wie würde ihre Geschichte enden?
»Fenster zu!«, meckerte die Katze. »Mir frieren gleich die Finger am Lenkrad fest.«
Mick verdrehte die Augen, griff mit der freien Hand über Franzi hinweg und drückte auf den Fensterheber. Franzi blieb nichts anderes übrig, als zuzusehen, wie die Scheibe mit einem leisen Surren hochfuhr, bis das Fenster geschlossen war. Sie seufzte lautlos.
Das war's! Hier endet die Zitronenbonbon-Spur …
Franzi sah Marie und Kim vor sich, wie sie ihrer Fährte bis zum letzten Bonbon folgten, verzweifelt nach dem nächsten Hinweis suchten und schließlich entnervt aufgaben.
Unsinn! So schnell geben die Ausrufezeichen nicht auf – auch nicht, wenn sie vorübergehend nur zu zweit sind.
Es war anstrengend, sich immer wieder selbst Mut zuzusprechen. Franzi merkte, wie ihre Kräfte nachließen. Bald würden ihre Energiereserven aufgebraucht sein. Wie sollte es dann weitergehen?

Die Katze setzte den Blinker und ging vom Gas. »Gleich sind wir da.«
Der Wagen bog in einen schmalen Waldweg ab.

Kim betrachtete nachdenklich das Zitronenbonbon in ihrer Hand. »Das ist bestimmt eins der Bonbons, die Franzi vorhin beim Umzug eingesammelt hat.«
»Erst ihr Handy, jetzt ein Bonbon.« Marie runzelte die Stirn. »Was hat das zu bedeuten?«
»Franzi muss das Bonbon aus dem Auto geworfen haben.« Kims Augen funkelten aufgeregt.
»Du meinst, es soll ein Hinweis für uns sein?« Marie spürte wieder das altbekannte Kribbeln im Magen. Endlich eine neue Spur!
»Los!« Kim sprang auf ihr Rad. »Vielleicht finden wir noch mehr Bonbons.«
Langsam fuhren sie weiter. Maries Augen tasteten den Radweg ab. Sie durften nichts übersehen! Was leuchtete da im Straßengraben? Nein, das war kein Bonbon, nur ein gelber Papierschnipsel. Wenige Meter weiter blieb ihr Blick an einer zerdrückten Zigarettenpackung hängen. Sie entdeckte leere Limonadenflaschen, eine Coladose und mehrere Glasscherben.
»Unglaublich, was die Menschen alles aus ihren Autos werfen«, murmelte Kim. »Eine Schweinerei.«
»Da!« Marie stoppte und sprang ab. Auf dem Grünstreifen neben dem Radweg lag ein gelbes Zitronenbonbon. Marie hatte es erst im letzten Moment entdeckt, weil es halb unter einem

Grasbüschel verborgen war. Sie hob das Bonbon auf und steckte es ein.
»Wir sind auf dem richtigen Weg«, stellte Kim zufrieden fest.
»Kluge Franzi!« Marie lächelte. »Sie ist fast so schlau wie Hänsel und Gretel.«
Die Idee mit der Bonbon-Fährte war einfach genial – auch wenn Marie völlig schleierhaft war, wie Franzi es geschafft hatte, die Bonbons aus dem Auto zu werfen, ohne dass ihre Entführer etwas davon mitbekamen.
»Hat Oma Lotti Franzi das Märchen nicht früher immer vorgelesen?«, fragte Kim.
Marie nickte. »Endlich verstehe ich, warum Märchen so wichtig für Kinder sind. Falls man mal entführt wird, weiß man gleich, was zu tun ist.«
Kim kicherte nervös.
»Weiter geht's!« Marie schwang sich auf ihr Fahrrad.
Wo würde das nächste Bonbon auf sie warten?

Der Wagen rumpelte über eine schmale Piste voller Schlaglöcher. Franzi wurde ordentlich durchgeschüttelt. Die Bäume neben dem Weg schienen immer dichter zusammenzurücken, als wollten sie verhindern, dass Fremde in den Wald eindrangen. Sie konnten nur noch Schritttempo fahren.
Donald hatte das Radio ausgestellt. Seit sie in den Wald eingebogen waren, wirkten er und die Katze nicht mehr ganz so angespannt. Hier schienen sie sich sicher zu fühlen. Franzi starrte auf die Bäume, die am Autofenster vorbeizogen. Fichten, Bir-

ken und wild wuchernde Sträucher. Wohin brachten die Entführer sie?
Die Katze bog noch zweimal ab. Immer tiefer fuhren sie in den Wald hinein. Irgendwann war der Weg so schmal, dass die Zweige der Fichten am Auto entlangstrichen, was ein seltsam kratzendes Geräusch verursachte.
Die Katze lenkte den Wagen zwischen ein paar Büsche rechts vom Weg und stellte den Motor aus.
»Da wären wir!« Sie klang beinahe fröhlich. »Alle aussteigen, bitte.«
»Pass auf die Kleine auf.« Donald warf Mick einen warnenden Blick zu.
»Wir hängen zusammen, schon vergessen?« Mick hob seinen und Franzis Arm. Er griff an ihr vorbei und öffnete die Autotür. »Du zuerst.«
Franzi griff nach ihrer Tasche und kletterte aus dem Wagen, Mick folgte ihr. Es war ein merkwürdiges Gefühl, mit einem völlig Fremden so eng verbunden zu sein. Franzi horchte in sich hinein und wunderte sich, keine Angst vor Mick zu spüren. Im Gegenteil. Seine Gegenwart hatte beinahe etwas Beruhigendes. Als wäre er ihr einziger Verbündeter unter Feinden.
Vorsicht!, warnte sie eine innere Stimme. *Der Typ hat einen Kiosk überfallen und dich entführt. Er ist gefährlich!*
Die Katze schlug die Autotür zu und marschierte voran, zwischen den Bäumen hindurch direkt ins Unterholz. Donald warf sich den grauen Sack über die Schulter und folgte ihr. Mick lief ebenfalls los und Franzi stolperte hinterher. Sie übersah eine

Baumwurzel, die zwischen dem weichen grünen Moos aus dem Boden ragte, und wäre beinahe gefallen. Mick griff nach ihrem Arm und stützte sie.

»Alles in Ordnung?« Wieder dieser Blick aus seinen braunen Augen. Irgendwie besorgt und ein bisschen traurig.

Franzi nickte und Mick ließ ihren Arm los. Ihr war ein bisschen schwindelig.

Lass dich nicht von ihm einwickeln. Der Kerl ist ein Verbrecher!

Wieder diese Stimme in ihrem Kopf.

»Ja, ja«, murmelte Franzi.

»Wie bitte?«, fragte Mick.

Franzi wurde rot. »Nichts.«

»Kommt ihr?«, rief Donald weiter vorne. »Wir haben nicht den ganzen Tag Zeit.«

»Sklaventreiber«, murmelte Mick.

»Warum gibst du dich dann mit ihm ab?«, fragte Franzi, ohne nachzudenken. Sie biss sich auf die Lippe. Würde Mick jetzt sauer werden? Vielleicht war es besser, nicht mit den Entführern zu reden ...

Aber Mick schien nicht im Geringsten genervt. »Weil er mein Bruder ist«, antwortete er schlicht.

»Echt?« Franzi warf ihm einen schnellen Seitenblick zu. Damit hatte sie nicht gerechnet. Sagte er die Wahrheit? Oder machte er sich über sie lustig? Eigentlich wirkte er nicht, als würde er scherzen.

Mick zuckte mit den Schultern. »Man kann sich seine Geschwister nicht aussuchen.«

Franzi dachte an Chrissie, die sie manchmal bis aufs Blut reizte. Trotzdem wünschte sie sich keine andere Schwester. »Nein, das kann man nicht.«

»Klappe dahinten!«, rief Donald. »Das ist kein Kaffeekränzchen, klar?«

Mick verdrehte die Augen und Franzi unterdrückte ein Lächeln.

Schweigend liefen sie weiter. Die Luft im Wald war kalt und klar. Es roch würzig nach Baumrinde, welkem Laub, Moos und Harz. Sie stiegen über abgebrochene Äste und umgestürzte Baumstämme und schoben sich zwischen dicht stehenden Fichten und wild wuchernden Büschen hindurch. Mick hielt ein paar dornige Ranken zur Seite, damit Franzi nicht hängen blieb. Wenn die Handschellen sie nicht permanent daran erinnert hätten, dass sie mit drei Verbrechern zu einem geheimen Unterschlupf unterwegs war, hätte sie sich fast einreden können, einfach nur einen Winterspaziergang im Wald zu machen. Einen Spaziergang mit einem Freund.

»Wir haben es gleich geschafft«, sagte Mick, als Franzi schon wieder stolperte. Es war nicht leicht, das Gleichgewicht zu halten, wenn man nur einen Arm frei bewegen konnte.

Kurz darauf tauchten dunkle Umrisse zwischen den Bäumen auf. Eine Hütte! Sie war aus dicken Baumstämmen gebaut und schien ziemlich alt zu sein. Das Dach hing ein wenig durch und war mit Moos bewachsen. Die Fensterläden waren verwittert und die Scheiben schmutzig. Alles wirkte heruntergekommen, verlassen und wenig einladend.

Franzi schluckte. Was würde sie in dieser Hütte erwarten?
Die Katze ging zielstrebig auf die Holztür zu, die mit einem schweren Metallriegel und einem verrosteten Vorhängeschloss gesichert war. Routiniert griff sie nach einem auf dem Türrahmen versteckten Schlüssel, steckte ihn in das Schloss, schob den Riegel zurück und öffnete die Tür. Das Holz hatte sich verzogen und die Tür klemmte leicht.
Franzi folgte Mick in die Hütte. Donald schloss die Tür und pfefferte den Sack in eine Ecke, während sich die Katze auf einen Stuhl fallen ließ und einen tiefen Seufzer ausstieß. »Geschafft!«
Franzi sah sich um. Im Inneren der Hütte war es gemütlicher, als es von außen den Anschein hatte. Am Fenster stand ein kleiner Tisch mit zwei Stühlen. In der Ecke befand sich ein eiserner Ofen, der offenbar mit Holz befeuert wurde. Jetzt war er jedoch aus und in der Hütte war es so kalt, dass Franzi ihren Atem sehen konnte.
Außerdem gab es ein aus Brettern grob zusammengezimmertes Bett, auf dem eine dunkelblaue Tagesdecke lag. Der Holzboden war ordentlich gefegt und auf der Fensterbank standen mehrere halb heruntergebrannte Kerzen, die in leeren Flaschen steckten. An der Wand hingen Geweihe. Die bleichen Schädel der toten Tiere hatten etwas Unheimliches. Wahrscheinlich war das Häuschen ursprünglich als Jagdhütte errichtet worden.
In einem Regal befanden sich ein paar angeschlagene Gläser und zwei Flaschen Mineralwasser, daneben lagen mehrere Kekspackungen, eine Tafel Schokolade und eine Tüte Chips.

Hatten die drei die Hütte als Unterschlupf hergerichtet und sich Vorräte angelegt, damit sie nach dem Überfall erst mal untertauchen konnten? Aber für einen längeren Aufenthalt reichten die paar Süßigkeiten nicht.
Franzis Magen knurrte. Wann hatte sie zuletzt etwas gegessen? Heute Mittag, bevor sie zu Marie aufgebrochen war. Es schien Jahre her zu sein, dass sie zu Hause am Küchentisch gesessen und Nudeln mit Tomatensoße auf ihre Gabel gerollt hatte. Wie spät mochte es sein? Franzi hatte jedes Zeitgefühl verloren. Draußen senkte sich die Dämmerung über den Wald, also war es vermutlich später Nachmittag.
»Rein da!« Donald hatte eine schmale Tür direkt neben dem Ofen geöffnet, die in einen zweiten Raum führte. Er sah Franzi auffordernd an.
»Muss das sein?«, fragte Mick. »Sie kann doch hierbleiben.«
»Kann sie nicht«, sagte die Katze. »Wir müssen reden. Unter sechs Augen. Außerdem will ich endlich diese verdammte Maske abnehmen.«
Seufzend zog Mick einen kleinen Schlüssel aus der Hosentasche, schloss die Handschellen auf und nahm sie ab. So würdevoll wie möglich marschierte Franzi in den Nebenraum, wobei sie Donald keines Blickes würdigte. Er schloss nachdrücklich die Tür hinter ihr, und Franzi hörte, wie von außen ein Riegel vorgeschoben wurde.
Sie war gefangen.

Im Herzen des Waldes

Franzi sah sich aufmerksam um. Der Raum war eher eine Kammer. Sie war winzig und abgesehen von einer alten Matratze am Boden völlig leer. Die Matratze roch schimmelig, darum verzichtete Franzi darauf, sich zu setzen. Der Holzboden war staubig, offenbar hatte hier seit ewigen Zeiten niemand mehr sauber gemacht. Der Raum schien nicht genutzt zu werden.
Franzi warf einen Blick aus dem Fenster. Es war so klein, dass sie unmöglich hindurchklettern konnte. Als Fluchtweg leider völlig ungeeignet. Aber vielleicht konnte sie Hilfe rufen? Sie versuchte, den Griff zu drehen, doch sosehr sie auch daran zerrte, er bewegte sich nicht. Entweder war er eingerostet oder der hölzerne Rahmen hatte sich verzogen. Das Fenster blieb zu.
Franzi seufzte frustriert und ließ den Griff los. Egal! Wahrscheinlich hätte sie sowieso niemand gehört. Ihr Blick wanderte über die Fichten, die die Hütte wie eine grüne Wand umgaben und sie vor neugierigen Blicken schützten. Zwischen den ausladenden Zweigen der Bäume sammelte sich die Dunkelheit. Der Himmel war nicht zu sehen. Genauso wenig wie ein

anderes Haus, Rauch aus einem Schornstein oder irgendein Zeichen von Zivilisation. Dieser Teil des Waldes schien wild und verlassen zu sein.
Das ideale Versteck.
Hier konnte sie schreien, so viel sie wollte, niemand würde sie hören.
Franzi legte die Hand auf die staubige Scheibe und starrte in die anbrechende Nacht. »Marie, Kim, wo bleibt ihr nur?«, murmelte sie. »Holt mich hier raus!«

»Halt mal kurz an!«, rief Kim.
Marie bremste und kam neben einer krummen Fichte zum Stehen.
Sie hatten die Felder hinter sich gelassen und waren der Landstraße in ein Waldgebiet gefolgt. Seit mindestens zehn Minuten hatten sie kein Bonbon mehr gefunden.
Kim stoppte neben ihr. »Ich glaube, wir haben Franzis Spur verloren.«
»Mist!« Marie runzelte die Stirn. »Meinst du, wir haben ein Bonbon übersehen?«
»Keine Ahnung.« Kim überlegte kurz. »Wollen wir ein Stück zurückfahren und noch mal ganz genau gucken?«
Marie nickte. Sie wendeten die Räder und rollten im Schritttempo den Radweg entlang. Es begann bereits zu dämmern. In dem diffusen Licht, das durch die dichte Wolkendecke drang, wirkte die Straße mit den hohen Bäumen rechts und links irgendwie unwirklich. Wie die Szene aus einem Film. Nur dass

sie nicht weiterzappen konnten, wenn ihnen die Handlung nicht mehr gefiel. Weil sie nicht vor dem Fernseher saßen. Dieser Film war zufällig ihr Leben.
Als sie die Stelle erreicht hatten, an der sie das letzte Bonbon gefunden hatten, sprang Marie vom Rad. »Was jetzt?«
»Vielleicht sind sie abgebogen«, überlegte Kim. »Oder die Bonbons waren alle.«
»Oder die Entführer haben was gemerkt und dafür gesorgt, dass Franzi keine Bonbons mehr aus dem Auto werfen kann.«
Marie schauderte. Die Kälte war längst durch ihre Jacke gekrochen und hatte sich in jedem einzelnen Knochen ausgebreitet. Marie fühlte sich wie ein Eiszapfen auf zwei Beinen. Aber das war unwichtig. Wichtig war nur, dass sie Franzi fanden.
»Wir müssen die Waldwege abfahren«, beschloss Kim. »Wenn sie abgebogen sind, finden wir vielleicht irgendwo Reifenspuren.«
Marie nickte. »Okay.«
Sie machten sich wieder auf den Weg. Nur ein paar Meter weiter führte die nächste Abzweigung in den Wald. Es war ein holpriger Pfad, auf dem sich ein vereistes Schlagloch an das nächste reihte.
»Da!« Marie zeigte auf eine Pfütze, in der dunkles Wasser glänzte. Die gefrorene Schicht war zerbrochen. Wie glänzende Glasscherben lagen die Eissplitter auf dem Weg. Im Matsch waren Teile eines Reifenabdrucks zu sehen.
»Hier ist jemand langgefahren«, stellte Kim fest. »Es muss vor Kurzem gewesen sein, sonst wäre die Pfütze wieder zugefroren.«

»Weiter!« Marie fuhr Schlangenlinien, um den Schlaglöchern auszuweichen. Der Weg wurde immer schmaler. Schließlich stieg sie ab. »Wir lassen die Fahrräder hier und laufen.«
Sie lehnten die Räder gegen einen Baum und folgten dem Pfad zu Fuß.
Kim schlang fröstelnd die Arme um den Oberkörper und schimpfte leise vor sich hin. »Hätte ich mich bloß wärmer angezogen! Aber es konnte ja niemand ahnen, dass wir heute noch eine Wanderung quer durch den Wald machen müssen …«
In ihrem Hexen-Outfit wirkte sie zwischen den Bäumen wie die Schauspielerin in einem Märchenfilm.
Die Reifenspuren führten sie immer tiefer in den Wald. Sie bogen erst rechts ab, dann links. Marie versuchte, sich den Weg einzuprägen, damit sie wieder zurückfanden.
Später. Wenn sie Franzi gefunden hatten.
Denn eins war klar: Diesen Wald würden sie nur zu dritt verlassen!
»Wie schnell es Abend wird«, murmelte Marie.
Der Himmel war zwar noch nicht komplett dunkel, aber das letzte Licht des Tages drang kaum zwischen den Baumkronen hindurch. Bald würde die Nacht hereinbrechen. Durch einen finsteren Wald zu laufen, in dem sie sich nicht auskannten, war keine besonders angenehme Vorstellung. Sie mussten sich beeilen.
»Was ist das?« Marie blieb stehen. Zwischen mehreren Büschen neben dem Weg erhob sich ein unförmiger Schatten. Fast wäre sie daran vorbeigelaufen.

»Ein Auto!« Kim schob einen Zweig zur Seite. Im grauen Dämmerlicht kam ein roter Kleinwagen zum Vorschein.
»Der Fluchtwagen!« Marie spähte durch ein Seitenfenster. Das Auto war leer. Im Fußraum lag eine leere Wasserflasche. Und auf dem Rücksitz ein Haarreif. Mit schwarzen Fledermausohren. »Franzis Haarreif!«
»Wir sind auf dem richtigen Weg.« Auf Kims Gesicht erschien ein Lächeln. »Sie haben den Wagen hier versteckt und sind zu Fuß weitergegangen. Franzi ist bestimmt ganz in der Nähe.«
Plötzlich spürte Marie, wie neue Energie durch ihren Körper strömte. Die Hoffnung, kurz vor dem Ziel zu sein, gab ihr Kraft. *Halt durch, Franzi! Wir kommen!*
»Die Frage ist nur, welche Richtung sie genommen haben.« Marie zückte ihr Handy und betätigte die Taschenlampen-Funktion. Ein Lichtstrahl durchschnitt die Dunkelheit. Marie ließ ihn über den Boden rund um das Auto wandern. An einem Strauch entdeckte sie einen abgeknickten Ast. »Sieht so aus, als wären sie ins Unterholz gelaufen.«
Kim schüttelte den Kopf. »Wo wollen die bloß hin?«
»Genau das müssen wir herausfinden.« Marie richtete den Lichtstrahl auf das dichte Gestrüpp zwischen den Bäumen. Dann marschierte sie los – direkt in das dunkle Herz des Waldes hinein.

Franzi konnte die Stimmen ihrer Entführer hören. Die Wände der kleinen Hütte waren nicht besonders dick. Sie presste ein

Ohr gegen die Tür und versuchte, etwas zu verstehen. Was hatten die Täter vor?
»... können keine Zeugen gebrauchen«, sagte die Katze gerade. »Sie hat Micks Gesicht gesehen und sie kennt unser Autokennzeichen.«
»Verdammt!«, fluchte Donald. »Das heißt, wir können nicht mit dem Wagen abhauen.«
»Ganz genau. Damit ist unser Fluchtplan im Eimer. Irgendwelche Vorschläge, wie wir von hier wegkommen?«
»Per Anhalter?« Micks Stimme.
»Zu unsicher«, sagte die Katze. »Wenn uns keiner mitnimmt, haben wir ein Problem.«
»Außerdem lässt kaum jemand drei Leute gleichzeitig einsteigen.« Das war Donald.
»Wir brauchen eine Idee – und zwar schnell.« Wieder die Katze. Leicht genervt setzte sie hinzu: »Hoffentlich lohnt sich der ganze Stress wenigstens.«
»Garantiert.« Donald lachte. »Der Typ im Kiosk hat die Scheine mit vollen Händen in den Sack gepackt. Hier, überzeug dich selbst. Vielleicht hebt das deine Laune.« Schritte, ein schleifendes Geräusch, Rascheln, dann Stille.
Franzi spitzte die Ohren.
»Wow!« Die Stimme der Katze, ganz leise. »So viel Geld hab ich noch nie auf einem Haufen gesehen.« Sie klang beinahe glücklich.
»Sag ich doch! Damit schaffen wir es locker in den Süden. Wie wär's, wenn wir einfach drei Plätze im nächsten Flugzeug

buchen? Business Class natürlich! Mit extrabreiten Sitzen, Drei-Gänge-Menü und Champagner.«

»Quatsch«, sagte Mick. »Das ist viel zu teuer. Ich hab nicht mitgemacht, um die Kohle zum Fenster rauszuwerfen. Wir müssen uns das Geld gut einteilen.«

»Spielverderber«, meckerte Donald.

»Mick hat recht«, bemerkte die Katze. »Wir müssen cool bleiben und uns unauffällig verhalten. Am besten tun wir genau das, womit die Polizei nicht rechnet.«

»Und was machen wir mit der Kleinen?«, fragte Donald. »Wir können sie ja schlecht mitnehmen, oder?«

»Nein, sie würde uns nur aufhalten«, stimmte die Katze zu. »Wir müssen sie irgendwie loswerden.«

Franzi bekam eine Gänsehaut. Was sollte das heißen?

»Am besten wir lassen sie einfach gehen.«, wiederholte Mick. »Sie hat mit der ganzen Sache nichts zu tun.«

»Doch, hat sie«, widersprach Donald. »Das weißt du genauso gut wie ich. Wenn sie ihre Nase nicht in unsere Angelegenheiten gesteckt hätte, wäre das alles nicht passiert. Und wir wären längst über alle Berge.«

»Um das Mädchen kümmern wir uns später«, beschloss die Katze. »Erst müssen wir überlegen, wie wir hier wegkommen. Mist, warum funktioniert denn das Internet schon wieder nicht? Habt ihr Netz?«

»Nein«, sagte Donald.

»Verdammtes Funkloch!«, schimpfte die Katze. »Ich geh zurück zum Weg. Da ist der Empfang besser.«

»Ich komme mit«, sagte Donald. »Mick, du bleibst hier und passt auf die Kleine auf. Wir sind nicht lange weg.«
Franzi hörte Schritte, dann schlug die Tür zu und es wurde still. Sie stürzte zum Fenster. Die Katze und Donald liefen gemächlich zwischen den Bäumen hindurch. Als würden sie einen kleinen Abendspaziergang machen und nicht nach einem Raubüberfall ihre Flucht vorbereiten. Donald hatte locker den Arm um die Katze gelegt. Offenbar waren die beiden ein Paar. Sie trugen keine Masken mehr, aber da sie Franzi den Rücken zukehrten, konnte sie ihre Gesichter nicht sehen. Kurze Zeit später hatte die Dunkelheit sie verschluckt.
Nebenan ertönten Schritte. Mick lief in der Hütte hin und her. Jetzt waren nur noch sie beide da. Sobald Donald und die Katze zurückkamen, würden die drei abhauen. Franzi wollte lieber gar nicht wissen, was die Entführer mit ihr vorhatten. Sie musste vorher handeln. Jetzt.
Dass sie mit Mick allein war, war ihre Chance. Und die musste sie nutzen.
Franzi nahm die schwarze Maske ab und fuhr sich über das Gesicht. Sie steckte die Maske ein, ballte eine Hand zur Faust und hämmerte gegen die Tür.

»Wo zum Teufel sind wir?«, fragte Kim.
Marie hielt ihr Handy in die Höhe. Der Lichtstrahl fiel auf eine ausladende Fichte, deren Zweige sich leicht im Wind bewegten. »Im Wald.«
Mehr wusste sie leider auch nicht. Seit einer gefühlten Ewigkeit

irrten sie nun schon durch das verdammte Unterholz. Marie konnte es nicht länger leugnen: Sie hatten sich verlaufen.

Rechts von ihnen knackte es. Marie blieb stehen und lauschte. Da! Schon wieder! Lief dort jemand? Einer der Entführer? Oder Franzi? War sie entkommen und in den Wald geflohen? Dann war es wieder still.

»Was war das?«, flüsterte Kim.

Marie zuckte mit den Schultern. »Wahrscheinlich nur ein Tier. Los, weiter!«

Sie zwängte sich zwischen zwei Büschen hindurch, sprang über einen schmalen Graben und entdeckte einen Trampelpfad, der sich am Graben entlang durchs Moos schlängelte.

»Nicht so schnell!«, rief Kim.

Marie wollte sich gerade zu ihrer Freundin umdrehen, um ihr zu leuchten, da tauchten zwei schwere Stiefel im Schein des Handys auf. Sie waren voller Matschspritzer. Marie erstarrte.

»Was habt ihr hier zu suchen?«

Eine dunkle Stimme, die nicht besonders freundlich klang.

Kim tauchte hinter Marie auf und griff nach ihrer Hand. Langsam ließ Marie den Lichtkegel nach oben wandern. Ein baumlanger Mann in dunkelgrüner Outdoor-Jacke stand vor ihnen. Seine Augen blickten sie unter der Krempe seines verbeulten Filzhutes grimmig an. Aber was Maries Puls augenblicklich in die Höhe trieb, war das Gewehr, das er über der Schulter trug.

»Wir … äh …«, stammelte sie. Wie hypnotisiert starrte sie auf das Gewehr. Wer war der Kerl? Was wollte er von ihnen? Gehörte er zu der Verbrecherbande, die Franzi entführt hatte?

»Dasselbe könnten wir Sie fragen«, sagte Kim. Ihre Hand krampfte sich immer noch um Maries, aber ihre Stimme klang völlig ruhig.
»Ich bin Mario Beisler, der Revierförster.« Der Mann tippte sich an den Hut. »In letzter Zeit waren mehrfach Holzdiebe im Wald unterwegs, darum drehe ich abends immer eine Kontrollrunde. Habt ihr euch verlaufen?« Misstrauisch musterte er die Kostüme der Mädchen.
»Äh – nein.« Marie dachte blitzschnell nach. »Wir ... wir machen ein Kostümspiel im Wald. Live-Cosplay, verstehen Sie?«
Der Förster runzelte die Stirn. »Nicht wirklich. Aber ihr solltet nicht nach Einbruch der Dunkelheit im Wald herumlaufen. Ihr könntet euch verirren oder im unwegsamen Gelände umknicken und euch verletzen.«
»Das Spiel ist sowieso zu Ende«, versicherte Kim. »Wir wollten uns gerade auf den Heimweg machen.«
»Genau.« Marie nickte.
»Dann bin ich ja beruhigt.« Der Förster wandte sich zum Gehen.
»Einen Moment noch!« Marie war ein Gedanke gekommen. Vielleicht konnte der Förster ihnen ja helfen. »Sie kennen sich doch im Wald aus, oder? Wissen Sie zufällig, wo man sich hier verstecken könnte? Nur falls wir irgendwann noch mal ein Live-Cosplay veranstalten.«
Mario Beisler strich sich nachdenklich über den Bart. »Im Wald kann man sich überall verstecken. Ein Stück westlich von hier liegt die alte Jagdhütte, aber die ist verrammelt. Sie wird

nicht mehr genutzt und soll bald abgerissen werden. Ich war ewig nicht mehr dort und ihr solltet euch da auch nicht rumtreiben.«
Marie und Kim wechselten einen Blick. Eine verlassene Jagdhütte – das klang vielversprechend!
»Alles klar«, sagte Kim. »Trotzdem danke.«
»Seht zu, dass ihr nach Hause kommt«, brummte der Förster.
»Machen wir«, versprach Marie.
Mario Beisler nickte ihnen zu und marschierte mit langen Schritten weiter. Wenig später war er zwischen den Bäumen verschwunden.
»Ich wette, die Entführer haben sich mit Franzi in der alten Jagdhütte verschanzt«, sagte Kim aufgeregt.
Marie nickte. In ihrem Magen kribbelte es. Das musste einfach die richtige Spur sein!

Plauderei mit einem Entführer

Franzi hämmerte mit der Faust gegen das Holz. Ein Splitter bohrte sich in ihre Hand, aber sie ignorierte den Schmerz.

»Was ist los?« Micks Stimme auf der anderen Seite der Tür.

»Lass mich raus!«

Ein tiefer Seufzer. »Das geht nicht. Und das weißt du auch.«

»Ich hau schon nicht ab. Außerdem muss ich dringend aufs Klo.«

Stille. Mick schien zu überlegen. »Na gut.«

Der Riegel wurde zurückgeschoben und die Tür ging auf. Als Franzi aus der Kammer trat, fiel ihr Blick auf den Holztisch. Dort lagen jede Menge Scheine. Das erbeutete Geld!

»Hat sich gelohnt, was?«

Mick antwortete nicht. »Die Toilette ist draußen. Hier gibt's leider nur ein Plumpsklo.« Er nahm eine Taschenlampe vom Regal. »Du gehst vor.«

Franzi gehorchte. Vor der Hütte wurde sie von tintenschwarzer Finsternis empfangen. Außerhalb des Lichtscheins, der durch das Fenster fiel, war nichts zu erkennen. Absolut gar

nichts. Blitzschnell schätzte Franzi die Chancen einer spontanen Flucht ab. Wenn sie jetzt losrannte, wie weit würde sie kommen?
Mick schien ihre Gedanken zu erraten. »Denk nicht mal daran«, warnte er. »In der Dunkelheit kommst du nicht weit. Du würdest dich bloß im Wald verlaufen. Linksrum.«
Leider hatte er recht. Mist! Seufzend wandte sich Franzi nach links und marschierte auf den windschiefen Verschlag zu, der sich hinter der Hütte befand.
Mick leuchtete ihr den Weg. Vor dem Verschlag reichte er ihr die Lampe. »Gibt kein Licht dadrinnen. Ich warte hier.«
Wortlos griff Franzi nach der Lampe, betrat den Verschlag und zog die Tür hinter sich zu. Das Plumpsklo war winzig und bestand nur aus einer Art Bank mit einem Loch in der Sitzfläche. Franzi versuchte, durch den Mund zu atmen, denn der Geruch war alles andere als angenehm. Sie war froh, nicht wirklich auf die Toilette zu müssen. Keine zehn Pferde würden sie dazu bringen, sich freiwillig auf diesen Donnerbalken setzen. Dabei war sie eigentlich nicht besonders zimperlich.
»Alles klar?«, rief Mick von draußen.
»Ja!« Franzis Blick flog über die Wände. Sie wirkten solide. Kein Fenster, keine Luke, kein Loch, nicht mal ein Spalt. Keine Fluchtmöglichkeit. Ihr blieb nichts anderes übrig, als wieder mit Mick zurückzugehen. Verdammt!
Franzi öffnete die Tür, trat aus dem Verschlag und gab Mick die Lampe zurück. Im Gänsemarsch liefen sie zur Hütte. Als Mick die Tür hinter ihnen schloss, seufzte er erleichtert.

»Ich war mir nicht sicher, ob du nicht vielleicht doch abhaust.« Er grinste schief.
»Was hättest du dann gemacht?«, fragte Franzi. Sie wollte den Moment, in dem sie wieder in der kleinen Kammer eingeschlossen wurde, so lange wie möglich hinauszögern. Vielleicht konnte sie Mick ja in ein Gespräch verwickeln.
»Dich zurückgeholt natürlich.«
»Ich bin sehr schnell.«
»Aber du kennst dich hier nicht aus«, erwiderte Mick. »Ich schon.«
Franzi zuckte mit den Schultern. »Kann ich was zu trinken bekommen? Ich hab Durst.«
»Ja, klar.« Mick deutete auf einen Stuhl. »Setz dich.« Er nahm eine Flasche aus dem Regal und goss Wasser in ein Glas. »Hast du Hunger?«
»Ehrlich gesagt, ja.« Es war Franzi etwas peinlich, dass ihr Magen genau in diesem Moment laut knurrte. Schnell setzte sie sich hin.
Grinsend griff Mick nach einer Kekspackung und riss sie auf. Mit einer schnellen Armbewegung beförderte er die Geldscheine zurück in den Sack, stellte das Wasserglas und die Kekse auf den Tisch und nahm auf dem anderen Stuhl Platz.
Während Franzi an ihrem Mineralwasser nippte, musterte sie ihn verstohlen. Wie er wohl in normalen Klamotten aussah? Wahrscheinlich gar nicht so übel. Es war schon merkwürdig, dass sie hier zusammen in einer heruntergekommenen Jagdhütte mitten im Wald saßen, beide in seltsamen Kostümen, neben

sich einen Sack voll Geld, und friedlich plauderten, als wären sie gute Freunde. Was sie vielleicht sogar geworden wären, wenn sie sich unter anderen Umständen kennengelernt hätten.

»Alles in Ordnung?«, fragte Mick. Gleich darauf schüttelte er den Kopf. »Blöde Frage. Natürlich nicht.«

Franzi trank noch einen Schluck Wasser. »Ich wäre jetzt lieber woanders«, gab sie zu.

Zu Hause. Bei Tinka im Stall. Mit Kim und Marie auf der Party im Jugendzentrum. Irgendwo, bloß nicht hier.

»Ich auch«, sagte Mick leise.

»Warum hast du den Kiosk überfallen?«, fragte Franzi, ohne nachzudenken. Sie biss sich auf die Lippe. Hoffentlich war sie nicht zu weit gegangen. Wenn Mick glaubte, dass sie ihn nur aushorchen wollte, würde er das Gespräch bestimmt sofort abbrechen und sie wieder in die Kammer sperren. Dabei interessierten sie seine Motive wirklich. Sie wollte verstehen, was ihn dazu getrieben hatte, so etwas zu tun.

Mick schwieg. Sein Blick wanderte zu dem Sack mit der Beute, der neben dem Tisch auf dem Boden lag. »Wir brauchten das Geld.«

»Wozu?«

»Das ist eine lange Geschichte.«

»Ich hab Zeit«, stellte Franzi fest.

»Sam bringt mich um, wenn er mitkriegt, dass ich gequatscht habe.«

»Sam ist dein Bruder?«

Mick nickte nur.

»Na dann, herzlichen Glückwunsch«, murmelte Franzi.
»Er ist eigentlich gar nicht so übel«, versicherte Mick. »Früher hat er mich immer vor den großen Jungs beschützt, wenn sie mir auf dem Schulweg aufgelauert haben und mir mein Taschengeld abknöpfen wollten.«
»Und jetzt überfällt er selbst unschuldige Leute.« Franzi konnte sich die Bemerkung nicht verkneifen. »Der Typ aus dem Kiosk war total fertig mit den Nerven. Wahrscheinlich hat er jetzt ein handfestes Trauma. Kein Wunder, wenn man von zwei maskierten Typen mit einer Pistole bedroht wird.«
Micks Schultern sackten herab. »Das wollte ich nicht. Die Pistole ist doch gar nicht echt. Ein Kinderspielzeug aus Plastik.«
»Soll das etwa eine Entschuldigung sein?«, brauste Franzi auf. »Das konnte der Junge ja schließlich nicht wissen!«
»Nein, natürlich nicht.« Mick fuhr sich mit beiden Händen durch die Haare, bis sie in alle Richtungen abstanden. »Ich will nur, dass du das weißt. Wir hätten niemals jemandem wehgetan, das musst du mir glauben. Die ganze Sache ist irgendwie ... aus dem Ruder gelaufen.«
»Wie meinst du das?«
Mick zögerte, dann begann er zu erzählen. »Erst war die Idee mit dem Überfall nur ein Witz. Ich weiß gar nicht mehr, wer damit angefangen hat. Wahrscheinlich Lia.«
»Die Katzenfrau?«
»Genau. Sam ist seit zwei Monaten mit ihr zusammen. Als er sie zu ihrem ersten Date abholen wollte, hat er den Wagen seines Chefs geklaut.«

»Wie bitte?« Franzi zog die Augenbrauen hoch.
»Na ja, nicht wirklich geklaut. Sam arbeitet bei einem Bauunternehmen und sollte das Auto seines Chefs zur Wartung in die Werkstatt fahren. Stattdessen hat er es sich für einen Abend ausgeliehen. Leider ging die Sache schief.«
»Lass mich raten: Er hat einen Unfall gebaut?«
Mick nickte. »Er war nicht mal selbst schuld. An einer roten Ampel ist ihm jemand hinten draufgefahren.«
»Es war seinem Chef wahrscheinlich ziemlich egal, dass dein Bruder nichts dafür konnte, oder?«
»Er hat Sam fristlos gekündigt und die Reparaturkosten zurückgefordert. Natürlich hatte Sam das Geld nicht.«
»Konnten eure Eltern nicht einspringen?«
Mick schnaubte verächtlich. »Vergiss es. Unsere Mutter ist schon lange weg und unser Vater interessiert sich nicht besonders für uns. Außerdem ist er selbst immer knapp bei Kasse. Jedenfalls will Sams Ex-Chef vor Gericht gehen, wenn mein Bruder nicht zahlt.«
»Schöner Mist.«
»Das kannst du laut sagen.« Mick verzog das Gesicht. »Vor einer Weile haben Sam, Lia und ich zusammen abgehangen und überlegt, wie er das Geld auftreiben könnte. Lottogewinn, Bankraub, Erbschaft und so weiter. War natürlich alles nicht ernst gemeint. Wir haben einfach rumgeblödelt. Bis Lia meinte, wir könnten doch den Kiosk in der Innenstadt überfallen. Wie gesagt, das war bloß ein Witz.«
»Aber irgendwann ist daraus Ernst geworden.«

»Ja. Leider. Wir haben ständig darüber geredet und alle möglichen Pläne geschmiedet. Erst war es wie eine Art Spiel, aber Lia und Sam haben sich immer mehr in die Sache reingesteigert. Bis sie den Überfall tatsächlich durchziehen wollten. Am Rosenmontag, wenn die Straßen voller Menschen sind, damit wir besser abhauen können.« Mick schüttelte den Kopf. »Ich kann einfach nicht glauben, dass wir es wirklich getan haben. So eine Schnapsidee!«

»Es hat dich niemand gezwungen mitzumachen«, stellte Franzi klar. »Oder?«

»Nein. Aber Sam und Lia wollten nach dem Überfall abhauen und ...« Er ließ den Satz in der Luft hängen.

»Du wolltest nicht allein zurückbleiben«, vermutete Franzi.

Mick nickte. »Ohne Sam bei meinem Vater – das wäre die Hölle. Außerdem hab ich schon immer davon geträumt, im Süden zu leben. Sonne, Meer, Palmen ...«

»Wohin wollt ihr denn genau?«, fragte Franzi möglichst beiläufig.

Mick zuckte mit den Schultern. »Spanien, Portugal, Italien ... ist mir schnuppe. Hauptsache, es ist warm und es gibt irgendwo einen Strand, an dem wir abends Lagerfeuer machen können. Den Wellen lauschen, im Sand liegen und die Sterne zählen – das ist für mich die absolute Freiheit.« Seine Augen leuchteten und seine Stimme war weich und voller Sehnsucht.

»Seinen Traum zu leben, ist bestimmt toll«, sagte Franzi vorsichtig. »Die Frage ist nur, ob das der richtige Weg ist. Willst du hier wirklich alles aufgeben?«

»Glaub mir, es ist nicht viel, was ich aufgebe«, erwiderte Mick bitter. »Okay, ich würde gerne meinen Abschluss machen. Die meisten Lehrer sind in Ordnung und ich gehe eigentlich ganz gern zur Schule. Aber daraus wird jetzt nichts.«

»Wovon wollt ihr leben, wenn das Geld aus dem Überfall aufgebraucht ist?«

»Sam und Lia eröffnen eine Surfschule und ich helfe ihnen. Wenn gar nichts mehr geht, nehme ich meine Gitarre und mache Straßenmusik.«

»Hast du dir das gut überlegt?«, fragte Franzi. »Einfach abzuhauen ist doch keine Lösung. Die Polizei wird euch suchen. Wahrscheinlich schafft ihr es nicht mal über die Grenze.«

»Und was soll ich deiner Meinung nach tun?«

Franzi beschloss, alles auf eine Karte zu setzen. »Geh zur Polizei.« Sie sah Mick eindringlich an. »Ich kenne da jemanden. Wenn du mir dein Handy gibst, rufe ich ihn an. Kommissar Peters kann dir bestimmt helfen.«

Mick schüttelte den Kopf. »Der steckt mich doch sofort in den Knast.«

»Das kommt darauf an.« Franzi wog jedes Wort sorgfältig ab. »Du hast keine Vorstrafen, oder? Das spricht schon mal für dich. Außerdem wird es dir positiv angerechnet, wenn du dich freiwillig stellst.«

Mick schwieg. Er schien nachzudenken. Offenbar hatten Franzis Argumente etwas in ihm angestoßen. Franzi wagte kaum zu atmen. Würde er zur Vernunft kommen und die richtige Entscheidung treffen?

Da ertönten Stimmen vor der Hütte.
Mick zuckte zusammen und sprang auf. »Verdammt! Das sind Sam und Lia. Die drehen durch, wenn sie dich hier sehen. Schnell, geh wieder in die Kammer!«
Franzi gehorchte. Was blieb ihr anderes übrig? Wie ein Roboter marschierte sie zurück in ihr Gefängnis. Mick schloss die Tür und legte den Riegel vor. Gerade noch rechtzeitig.
»Mick!« Sams Stimme. »Stell dir vor, wir sind eben fast diesem komischen Förster in die Arme gelaufen und …«
»Jetzt ist keine Zeit zum Quatschen«, unterbrach ihn Lia. Sie klang panisch. »Kommt schon, wir müssen abhauen. Bevor der Typ hier auftaucht und dumme Fragen stellt. Schnell!«

»Da ist sie!«
Marie hatte die Hütte als Erste entdeckt. Wie ein unförmiger Riese kauerte sie zwischen den Bäumen. Wenn nicht Licht durch das Fenster in den Wald gefallen wäre, wären sie wahrscheinlich einfach daran vorbeigelaufen. Marie stellte die Taschenlampenfunktion ihres Handys aus und steckte das Telefon ein.
»Es ist tatsächlich jemand dort.« Kim starrte zum Fenster.
»Das müssen die Entführer sein.« Maries Herz begann aufgeregt zu klopfen. »Franzi ist da drin. Wir müssen etwas tun!«
Am liebsten wäre sie losgestürmt und hätte Franzi gerettet, aber Kim griff nach ihrem Arm und zog sie hinter einen Baumstamm.
»Wir dürfen nichts überstürzen. Bevor wir handeln, müssen wir die Lage auskundschaften.«

Marie seufzte. Kim natürlich recht. Trotzdem fiel es ihr wahnsinnig schwer, nicht sofort etwas zu unternehmen.
»Da!« Kim ließ die Hütte nicht aus den Augen. Im erleuchteten Fenster tauchte eine Gestalt auf. »Das ist die Katzenfrau. Und einer der Kiosk-Räuber.«
Die Frau im Katzenkostüm und ein Typ in Sträflingskleidung diskutierten heftig miteinander. Die Frau warf die Arme in die Luft. Marie konnte ihre aufgeregte Stimme bis nach draußen hören. Sie schien sich über irgendetwas aufzuregen. Franzi war nicht zu sehen, aber Marie meinte, ihre Anwesenheit zu spüren. Sie war auch irgendwo in der Hütte, ganz sicher! Dann ging das Licht aus und die Hütte verschmolz mit der Dunkelheit.
»Mist!«, zischte Kim. »Was ist denn jetzt los?«
Die Tür öffnete sich und mehrere Personen kamen heraus. Marie blinzelte, um besser sehen zu können. Wie viele waren es? War Franzi dabei? Der Mond schob sich kurz hinter den Wolken hervor und tauchte den Wald in fahles Licht.
»Sie sind nur zu dritt«, flüsterte Kim.
Marie nickte. Zwei Sträflinge und die Katze. Alle hatten ihre Masken abgelegt, aber ihre Gesichter waren im Mondschein nur schemenhaft zu erkennen. Der größere Sträfling trug einen Sack über der Schulter.
Marie rutschte das Herz in die Hose.
Wo war Franzi?
Die Entführer marschierten los und diskutierten dabei in gedämpftem Tonfall weiter. Marie spitzte die Ohren.

»Warum nehmen wir sie nicht mit und setzen sie irgendwo ab?«, fragte der kleinere Typ.
»Du spinnst doch!«, zischte die Katze. »Wir sind schließlich kein Taxiunternehmen.«
»Wird ihr schon nicht schaden, etwas Zeit im Wald zu verbringen. Irgendwann wird dieser Förster sie schon finden.« Der größere Kerl lachte. »Vielleicht überlegt sie es sich dann in Zukunft zweimal, ob sie sich in fremde Angelegenheiten einmischt.«
»Wir können sie doch nicht einfach ihrem Schicksal überlassen!« Der Kleinere klang jetzt richtig wütend. »Ich rufe nachher bei der Polizei an und gebe denen einen Tipp. Anonym natürlich.«
»Muss das sein?«, meckerte die Katze.
»Lass ihn.« Der Größere legte ihr beschwichtigend einen Arm um die Schulter. »Sonst liegt er uns damit tagelang in den Ohren. Ich kenne meinen Bruder, der kann ein echter Dickschädel sein.«
Die Katze murmelte etwas Unverständliches, dann verschwanden die drei im Unterholz.
Marie und Kim warteten mit angehaltenem Atem, bis ihre Schritte verklungen waren. Jetzt waren nur noch die Geräusche des Waldes zu hören. Das leise Wispern des Windes in den Baumwipfeln, das Knacken eines Astes, der verschlafene Ruf eines Vogels … und etwas, das wie auf Holz trommelnde Fäuste klang. Dazu eine gedämpfte Stimme.
»HILFE! ICH WILL HIER RAUS!«

Franzi!
Marie sprang hinter dem Baum hervor und stürmte zur Hütte.
»Wir kommen, Franzi! Bist du da drin?«
»Ja! Hier hinten in der Kammer.«
Marie drückte auf die Klinke, aber die Tür blieb zu.
»Der Schlüssel zur Hütte liegt oben auf dem Rahmen«, rief Franzi.
Hastig tastete Marie über das raue Holz, doch dort war kein Schlüssel. Die Verbrecher mussten ihn mitgenommen haben.
»Mist!«, fluchte sie leise. »Hier ist nichts.«
»Kannst du das Schloss knacken?«, fragte Kim.
Marie war durch intensives Üben im Lauf ihrer Karriere als Detektivin zu einer wahren Meisterin im Öffnen von Türen jeglicher Art geworden. Rasch zückte sie ihr Handy, stellte die Taschenlampenfunktion ein und untersuchte das Schloss.
»Ich hab mein Dietrichset nicht dabei, aber mit einer Haarnadel müsste es gehen.«
»Beeilt euch!«, rief Franzi. »Wo bleibt ihr denn?« In ihrer Stimme schwang die ganze Erschöpfung dieses langen Tages mit.
Marie richtete sich auf. »Das dauert viel zu lange. Wir machen es auf die schnelle Art. Ich zähle bis drei, okay?«
Kim nickte und stellte sich in Position.
»Eins, zwei ... drei!«
Gleichzeitig warfen sie sich mit voller Wucht gegen die Tür. Das morsche Holz knackte, aber die Tür blieb zu.
»Noch mal«, kommandierte Marie.

Beim zweiten Versuch splitterte das Holz und die Tür flog mit einem Knall auf. Marie und Kim stolperten in die Hütte.
»Autsch!« Kim rieb sich die Schulter.
Marie ließ den Lichtstrahl des Handys über die Wände gleiten und entdeckte den Zugang zur Kammer. Mit zwei Schritten war sie dort, schob den Riegel zurück und riss die Tür auf.
Franzi fiel ihr halb entgegen. Sie war blass und ihre roten Zöpfe standen zerzaust vom Kopf ab. Aber sie strahlte über das ganze Gesicht.
»Na endlich!« Sie fiel erst Marie, dann Kim um den Hals. »Ich wusste, ihr würdet mich retten!«

Wieder zu dritt

»Ich bin so froh, euch zu sehen.« Franzi wischte sich eine Träne aus dem Augenwinkel.
»Und wir erst.« Kim drückte Franzis Arm.
»Wir haben uns wahnsinnige Sorgen um dich gemacht.« Marie sah ihre Freundin prüfend an. »Geht es dir gut? Bist du verletzt? Haben diese Verbrecher dir irgendwas getan?«
Franzi schüttelte den Kopf. »Nein, alles in Ordnung. Wir sind ewig mit dem Auto durch die Gegend gefahren, dann haben sie mich hier eingesperrt. Wie habt ihr mich gefunden?«
Marie grinste. »Deine Idee mit dem Handyanruf war prima. So wussten wir, in welche Richtung ihr gefahren seid.«
»Leider haben sie mir das Handy irgendwann abgenommen und aus dem Fenster geworfen.« Franzi verzog das Gesicht.
»Ja, wir haben es am Straßenrand gefunden.« Marie holte das Telefon hervor und gab es Franzi. »Vielleicht kann man es ja reparieren.«
»Hoffentlich.« Traurig betrachtete Franzi das gesprungene Display.

»Dann sind wir der Zitronenbonbon-Spur gefolgt«, erzählte Kim weiter. »Wie hast du es bloß geschafft, die Bonbons aus dem Fenster zu werfen, ohne dass die Entführer etwas gemerkt haben?«
»Die waren zum Glück abgelenkt, weil sie sich ständig gestritten haben.« Franzi ließ sich auf einen Stuhl fallen. Sie wirkte immer noch etwas zittrig. »Ich schätze, ich hab ihre Pläne ganz schön durcheinandergewirbelt.«
»Geschieht ihnen recht«, sagte Marie. »Sie hätten dich ja nicht zu entführen brauchen.«
»Ich hatte echt Angst«, gab Franzi zu. »Wer weiß, was die mit mir gemacht hätten, wenn Mick sich nicht so für mich eingesetzt hätte …«
»Mick ist der jüngere Typ, dem du die Maske heruntergerissen hast?« Kim setzte sich auf den anderen Stuhl und zog ihr Detektivtagebuch aus dem Rucksack.
Franzi nickte. »Die anderen beiden heißen Sam und Lia. Sie sind ein Paar. Und Sam und Mick sind Brüder. Sam hat bis vor Kurzem bei einem Bauunternehmen gejobbt und …«
»Moment, nicht so schnell!« Kim schlug das abgegriffene Heft auf und schrieb eifrig mit, während Franzi erzählte, was sie von Mick erfahren hatte.
»Die drei wollen also in den Süden«, stellte Kim fest, nachdem Franzi fertig war. »Interessant.« Sie angelte sich einen Keks aus der Packung, die immer noch auf dem Tisch stand, und biss hinein.
»Falls es stimmt, was dieser Mick dir erzählt hat«, warf Marie

ein. »Vielleicht hat er dich auch angelogen, um uns auf eine falsche Fährte zu locken.«
»Glaub ich nicht«, sagte Franzi. »Er wusste ja nicht, dass wir Detektivinnen sind. Außerdem wirkte er irgendwie ... ehrlich.«
»Er ist ein Verbrecher«, erinnerte Marie ihre Freundin. »Schon vergessen?«
»Nein, natürlich nicht.« Franzi seufzte. »Trotzdem scheint er ein netter Kerl zu sein. Jemand, mit dem wir uns angefreundet hätten, wenn wir ihm im Jugendzentrum oder im *Lomo* über den Weg gelaufen wären.«
»Sind wir aber nicht«, sagte Marie. »Stattdessen hat er mich nach einem Raubüberfall fast über den Haufen gerannt und dich anschließend in ein Auto gezerrt.«
»Nein, das war Sam«, korrigierte Franzi. »Mick hat mir mehrmals geholfen. Er hat mitbekommen, dass ich dich heimlich angerufen habe, aber er hat unauffällig die Verbindung getrennt und den anderen nichts verraten. Außerdem wollte er Sam und Lia überreden, mich einfach irgendwo rauszulassen.«
»Vielleicht ist ihm die Sache über den Kopf gewachsen«, meinte Kim.
»Und er hat mir Wasser und Kekse angeboten, als die anderen beiden weg waren«, fügte Franzi hinzu.
»Toll! Der perfekte Gastgeber.« Marie schüttelte den Kopf. »Was ist eigentlich los mit dir? Du klingst ja fast so, als wäre dieser Kerl nicht dein Entführer, sondern dein bester Kumpel.«
Franzi kaute an ihrer Unterlippe und schwieg. Ihr Gesicht war

immer noch blass und Marie bekam sofort ein schlechtes Gewissen. Sie hätte Franzi nicht so anschnauzen dürfen! Vielleicht stand sie unter Schock. Auf jeden Fall musste dieser Tag wahnsinnig anstrengend für sie gewesen sein. Kein Wunder, dass sie nervlich am Ende war.

»Spinnst du?« Franzi zog die Augenbrauen zusammen. »Mick ist doch nicht mein Kumpel. Er tut mir nur irgendwie leid. Ich glaube, er hatte bisher ziemlich viel Pech in seinem Leben. Er klang nur einmal richtig glücklich – als er mir von seinem großen Traum erzählt hat, im Süden am Meer zu leben.«

»Ihr scheint euch ja prächtig unterhalten zu haben.« Marie konnte sich die Bemerkung nicht verkneifen.

»Das verstehst du nicht.« Franzi verschränkte die Arme vor der Brust. »Du hast ihn schließlich nicht kennengelernt.«

»Trotz allem sind wir Detektivinnen und müssen versuchen, die Täter zu fassen«, sagte Kim ruhig, aber bestimmt. »Das siehst du doch auch so, oder?«

Franzi nickte langsam. »Ja ... klar.«

»Na gut, dann lasst uns endlich loslegen.« Marie klatschte in die Hände. »Welche Anhaltspunkte haben wir?«

Kim überflog ihre Notizen. »Das Ziel der Täter ist ein südliches Land. Eigentlich wollten sie mit dem Auto abhauen, aber das geht nicht mehr, weil wir das Kennzeichen gesehen haben.«

»Ich schätze, sie sind unterwegs zum Flughafen und nehmen den nächsten Flieger in den Süden«, sagte Marie.

»Möglich.« Kim klopfte mit dem Stift auf das Detektivtagebuch. »Oder sie haben einen anderen Plan. Wir brauchen mehr Informationen!«

»Vielleicht finden wir ja hier irgendetwas, das uns weiterbringt.« Marie leuchtete mit dem Handy über die Wände. Ihr Blick blieb an dem Regal mit dem Geschirr und den Vorräten hängen. »Wir sollten die Hütte systematisch durchsuchen. Offenbar nutzt die Bande sie schon länger als Unterschlupf.«

»Gute Idee.« Kim schlug das Heft zu und stopfte es zurück in den Rucksack.

»Okay.« Franzi erhob sich langsam.

»Ich nehme mir das Regal vor.« Marie griff nach einer der angeschlagenen Tassen, auf der Werbung für eine Bank prangte. Das Geschirr war alt und abgenutzt, aber sauber. Billige, bunt zusammengewürfelte Einzelteile, nichts Wertvolles. Die Wasserflaschen und Kekspackungen schienen neueren Datums zu sein. Sie waren nicht verstaubt und noch lange haltbar. Im obersten Regalfach standen mehrere zerfledderte Comics und Bücher. Marie nahm sie heraus und blätterte sie durch.

Micky Maus.

Donald Duck.

Catwoman.

»Immerhin wissen wir jetzt, woher die drei die Ideen für ihre Kostüme haben.« Marie hielt eins der Hefte hoch. »Sie scheinen Comic-Fans zu sein.«

»Das bringt uns leider nicht wirklich weiter.« Kim lag bäuchlings auf dem Boden und leuchtete mit ihrer Taschenlampe unter das Bett.

Das letzte Buch im Regal war ein Krimi. Auf dem Einband befand sich ein verwischter Stempel der Stadtbücherei. Als Marie das Buch aufschlug, flatterte ihr ein Zettel entgegen, der offenbar als Lesezeichen benutzt worden war. Marie wollte ihn schon achtlos beiseitelegen, da fiel ihr etwas auf.

»Ich hab was!« Triumphierend drehte sie sich zu ihren Freundinnen um. »Eine Mahnung von der Stadtbücherei. Das Buch wurde nicht rechtzeitig zurückgegeben.«

»Ja, und?« Franzi zuckte mit den Schultern.

»Ratet mal, wer den Krimi ausgeliehen hat.« Marie wedelte mit dem Zettel.

»Mach's nicht so spannend.« Kim erhob sich vom Boden. »Ich war's jedenfalls nicht.«

»Eine gewisse Lia Steinberger«, verkündete Marie.

»Catwoman?«, fragte Kim.

Marie nickte. »Hundertpro. Und weil die Mahnung per Post zugestellt wurde, steht hier nicht nur ihr Nachname, sondern auch gleich die komplette Adresse. Ahornweg 35.«

»Perfekt!« Kim klopfte sich den Staub vom Rock. »Dann nichts wie los. Vielleicht finden wir ja bei Catwoman zu Hause mehr heraus.«

Franzi seufzte. »Vorher brauche ich unbedingt eine Extraportion Energie.«

»Gute Idee.« Lächelnd streckte Marie den Arm aus.

Kim und Franzi streckten ebenfalls die Arme aus und alle drei legten die Hände übereinander.

»Die drei !!!«, sagten sie im Chor.

»Eins«, sagte Marie.
»Zwei«, sagte Franzi.
»Drei«, ergänzte Kim.
Zum Schluss warfen sie gleichzeitig die Hände in die Luft und riefen: »Power!!!«

Der Ahornweg war eine kleine Sackgasse in einem ruhigen Wohngebiet. Ein Siebzigerjahre-Bungalow reihte sich an den nächsten, die Beete waren ordentlich geharkt und die Hecken perfekt gestutzt. Im Schein der Straßenlaternen wirkte alles gepflegt. Marie bremste vor dem Haus mit der Nummer 35 und wischte sich ein paar Schweißtropfen von der Stirn.
Nachdem sie die alte Jagdhütte verlassen hatten, hatten die Detektivinnen erst ihre Räder holen müssen. Zum Glück hatten sie den Rückweg durch den Wald ohne Probleme gefunden und waren niemandem begegnet – weder dem Förster noch irgendwelchen Holzdieben oder einem Wildschwein mit Schlafstörungen.
An der Landstraße hatte auch das Internet wieder funktioniert, und nach einem Blick auf die Karte hatten sie festgestellt, dass Lia gar nicht weit entfernt wohnte. Mit dem Rad waren es höchstens zehn Minuten. Da Franzis Fahrrad noch in der Innenstadt stand, war sie auf Maries Gepäckträger mitgefahren – was auch der Grund dafür war, warum Marie trotz der Februarkälte der Schweiß ausgebrochen war.
»Ich hätte nicht gedacht, dass du so ein Schwergewicht bist«, witzelte sie.

»Sorry.« Franzi stieg vom Gepäckträger. »Wenn du willst, fahre ich auf dem Rückweg.«
»Quatsch.« Marie lehnte ihr Rad gegen den Jägerzaun, der das Grundstück umgab. »Wir können uns ja abwechseln.«
»Unglaublich, dass hier eine abgebrühte Verbrecherin wohnt!« Kim betrachtete kopfschüttelnd das zweistöckige Haus aus sandfarbenem Klinker.
Im Wohnzimmerfenster standen Orchideen und an der Haustür hing ein Kranz aus Zweigen und Trockenblumen. Die Rosensträucher im Beet an der Hauswand waren ordentlich zurückgeschnitten und mit Tannenzweigen abgedeckt, damit sie in der winterlichen Kälte keinen Schaden nahmen.
»Sollen wir einfach klingeln und gucken, was passiert?«, fragte Marie.
Franzi zuckte mit den Schultern. »Von mir aus.«
Marie warf ihr einen prüfenden Blick zu. »Geht's dir wirklich gut? Wenn du lieber nach Hause willst, ist das völlig in Ordnung. Kim und ich schaffen das hier auch zu zweit.«
»Ja, vielleicht solltest du dich besser ausruhen«, sagte Kim.
Franzi funkelte ihre Freundinnen ärgerlich an. »Ich will nicht nach Hause! Wir lösen den Fall gemeinsam – oder gar nicht.«
»Okay, okay.« Marie hob beschwichtigend die Hände. »Ich hab's nur nett gemeint.«
»Weiß ich doch«, lenkte Franzi ein. »Aber ich könnte jetzt sowieso nicht ruhig in meinem Zimmer sitzen.«
»Das kann ich gut verstehen«, sagte Kim. »Also ermitteln wir zu dritt weiter – bis der Fall gelöst ist!«

Die Detektivinnen gingen zur Haustür und klingelten. Kurze Zeit später öffnete ein etwa neunjähriges Mädchen. Es musterte die drei !!! neugierig.
»Hallo, wir sind Kim, Franzi und Marie«, sagte Kim. »Wir wollen zu Lia. Ist sie da?«
Das Mädchen schüttelte den Kopf. »Die ist weg.«
»Hm. Schade.« Marie warf einen Blick an dem Mädchen vorbei in den Eingangsbereich. An der Garderobe hingen ordentlich aufgereiht Mäntel und Jacken. Die Fliesen waren blitzsauber und sahen aus, als könnte man problemlos vom Boden essen. Nirgendwo lagen Schuhe, Taschen, Rucksäcke oder irgendwelcher Kleinkram herum. Marie tippte auf Eltern mit einem Ordnungsfimmel oder eine Hausangestellte.
»Und du bist?«, fragte Franzi.
»Doro.« Das Mädchen machte keine Anstalten, die Detektivinnen hereinzulassen.
»Sind deine Eltern zu Hause?«
»Nö, die arbeiten noch.«
»Wann hast du Lia denn zum letzten Mal gesehen?«, erkundigte sich Franzi.
Doro überlegte. »Heute früh, vor der Schule. Sie hat mir bei meinem Kostüm geholfen. Ich bin als Meerjungfrau gegangen.«
»Cool!« Marie lächelte.
»Wollt ihr mal sehen?« Sie verschwand, ohne eine Antwort abzuwarten, und kam mit einem Bügel zurück, an dem ein Traum aus raschelnden Stoffen in Blau- und Grüntönen hing.
»Wow, echt schick«, sagte Marie bewundernd.

»Als was geht ihr denn?« Mit gerunzelter Stirn musterte das Mädchen die Detektivinnen.
»Erkennt man das etwa nicht?« Marie zog die rote Maske heraus und setzte sie auf. »Die mit dem Feuer spielt, Bat-Girl und eine hundsgemeine Hexe.« Sie zeigte nacheinander auf sich, Franzi und Kim.
Doro kicherte. »Witzig! Lia hat sich als Katze verkleidet. Das sah auch cool aus.«
»Und seit heute Morgen hast du sie nicht mehr gesehen oder gesprochen?«, vergewisserte sich Kim.
Doro schüttelte den Kopf.
»War denn irgendetwas anders als sonst?«, hakte Kim nach.
»Hat Lia sich seltsam oder ungewöhnlich benommen?«
Doro dachte nach. »Hm ... sie war richtig nett zu mir.«
»Ist sie das sonst nicht?«, wunderte sich Marie.
»Na ja ...«, begann Doro gedehnt, »normalerweise ist sie morgens total schlecht gelaunt. Entweder sie sagt gar nichts oder sie meckert mich wegen jeder Kleinigkeit an.«
»Das kenne ich.« Franzi nickte verständnisvoll. »Ich hab auch eine große Schwester.«
»Aber heute hatte sie beim Frühstück total gute Laune«, erzählte Doro weiter. »Sie hat sogar Witze gemacht! Und dann hat sie mich geschminkt und mir die Haare geflochten. Schade, dass ich die Schminke schon abgewaschen habe.«
»Ja, schade«, sagte Marie. »Und dann ist sie zur Schule gefahren?«
Doro nickte. »Vorher hat sie mich ganz fest umarmt und mir

gesagt, dass sie mich lieb hat. Ich glaube, das hat sie vorher noch nie gemacht. Irgendwie war Lia echt seltsam drauf ...«

Die Detektivinnen wechselten einen Blick. Es passte alles zusammen. Lia war vor dem Überfall aufgekratzt gewesen und hatte sich von ihrer kleinen Schwester verabschiedet, weil sie nach dem erfolgreichen Coup in den Süden abhauen wollte. Sie war davon ausgegangen, Doro lange Zeit nicht wiederzusehen. Vielleicht sogar nie mehr.

Marie zog eine Visitenkarte aus der Jackentasche. »Falls sich Lia bei dir meldet, würdest du uns bitte sofort Bescheid sagen? Wir müssen sie wirklich dringend sprechen.«

Doro griff nach der Karte. »Ihr seid Detektivinnen?« Ihre Augen funkelten aufgeregt. »Hat Lia was angestellt?«

»Wie kommst du darauf?«, fragte Kim.

Doro zuckte mit den Schultern. »Sie hat ständig irgendwelchen Ärger. In der Schule oder mit unseren Eltern. Sie streiten sich dauernd, weil Lia oft schlechte Noten schreibt oder schwänzt. Letztes Jahr ist sie sitzen geblieben, da wollten Mama und Papa sie schon auf ein Internat schicken.«

»Kennst du ihren Freund?«, fragte Franzi. »Sam?«

Doro nickte. »Klar! Aber der darf nicht mehr herkommen.«

»Warum nicht?«, wollte Marie wissen.

»Mama und Papa können ihn nicht leiden. Sie finden, er hat keinen guten Einfluss auf Lia. Darum treffen er und Lia sich immer heimlich in der alten Jagdhütte im Wald.« Doro kicherte. »Lia weiß nicht, dass ich das weiß.« Plötzlich sah sie besorgt aus. »Ihr haltet doch dicht, oder?«

»Natürlich.« Marie hob die Hand und streckte zwei Finger wie zum Schwur in die Luft. »Großes Detektivinnen-Ehrenwort. Und deine Eltern haben nichts davon mitbekommen?«

»Nö.« Doro zuckte mit den Schultern. »Die müssen immer ganz viel arbeiten. Wenn ich groß bin, will ich nicht so eine blöde Firma haben.«

»Sag mal«, begann Franzi, »gibt es vielleicht noch einen Ort, an dem Lia sich manchmal versteckt, wenn sie ihre Ruhe haben will?«

Doro überlegte. »Ja, schon ... aber den sag ich euch nicht. Der ist nämlich streng geheim.«

»Schade.« Marie machte ein enttäuschtes Gesicht. »Es wäre wirklich wichtig.«

»Warum?«, fragte Doro.

»Weil deine Schwester möglicherweise in Schwierigkeiten steckt«, erklärte Kim. »Darum wollen wir sie so schnell wie möglich finden. Sie hat ... na ja ... etwas ziemlich Dummes ge-

macht, und wir wollen verhindern, dass sie noch mehr anstellt.«
»Ach so.« Doro kratzte sich am Kopf. Sie zögerte, doch dann gab sie sich einen Ruck. »Na gut, ich sag's euch.« Mit gesenkter Stimme fuhr sie fort. »Wenn sie allein sein will, geht Lia manchmal in unser Bootshaus am Fischbacher See.«
»Ihr habt ein Bootshaus?«, fragte Marie.
Doro nickte. »Es ist das rote mit der blauen Tür. Früher waren wir oft alle zusammen dort. Die ganze Familie. Zum Baden oder Segeln. Aber jetzt haben Mama und Papa keine Zeit mehr für so was. Meistens sind sie sogar am Wochenende in der Firma. Eigentlich wollten sie das Bootshaus schon lange verkaufen, aber irgendwie ist nie was draus geworden.«
»Okay, danke.« Marie lächelte Doro zu. »Du hast uns sehr geholfen.«
Doros Blick wurde ernst. »Kommt Lia wieder zurück?«
Marie zögerte. Was sollte sie sagen? Sie wollte das Mädchen nicht anlügen, ihr aber auch nicht unnötig Angst machen.
»Bestimmt«, antwortete Kim.
»Wenn ihr sie seht, richtet ihr aus, dass sie nach Hause kommen soll«, bat Doro. »Ich warte auf sie.«
»Okay«, sagte Marie. »Das machen wir.«
»Versprochen?«
Marie nickte. »Versprochen!«

Am See

Nachdem die Detektivinnen sich von Doro verabschiedet hatten, schoben Marie und Kim nachdenklich ihre Räder über den Bürgersteig, während Franzi nebenherlief. Abgesehen von ihnen war die Straße menschenleer. Durch ein erleuchtetes Fenster sah Marie eine Familie am Esstisch sitzen. Eltern und Kinder aßen belegte Brote, unterhielten sich und lachten. Im Nachbarhaus hatten es sich zwei ältere Leute vor dem Fernseher bequem gemacht und schauten Nachrichten.

»Arme Doro«, sagte Marie. »Sie wirkte ziemlich einsam.«

»Außerdem scheint die Stimmung in der Familie nicht gerade die beste zu sein«, bemerkte Kim. »Irgendwie kann ich fast verstehen, dass Lia wegwill. Ist bestimmt nicht schön, ständig Streit mit seinen Eltern zu haben.«

»Und jetzt?«, fragte Marie. »Fahren wir zu diesem Bootshaus?«

Kim sah auf ihre Armbanduhr. »Eigentlich wollte ich noch kurz nach Hause, bevor die Party im Jugendzentrum losgeht. Meine Eltern wundern sich bestimmt schon, wo ich bleibe.«

»Schreib ihnen doch eine Nachricht. Würde ich auch machen, wenn mein Telefon funktionieren würde.« Franzi seufzte.
»Die Party im Jugendzentrum!« Marie schlug sich mit der Hand gegen die Stirn. »Die hatte ich völlig vergessen. Ich wollte mich da mit Lina treffen. Außerdem bin ich mit Holger verabredet.«
»Die Ermittlungen sind wichtiger als die Party«, stellte Kim fest. »Vielleicht können wir ja später noch hingehen.« Sie zog ihr Handy hervor. »Ich schreibe jetzt meinen Eltern, dass ich nicht zum Abendessen komme, und dann fahren wir zum Fischbacher See, okay?«
»Einverstanden.« Marie nickte. »Das ist gar nicht so weit von hier, glaube ich.« Sie zückte ihr Smartphone und rief die Umgebungskarte auf. »Der See liegt in der Nähe vom alten Campingplatz. Wir müssen ein Stück zurück in Richtung Stadt fahren und zum Campingplatz abbiegen.«
»Prima, dann haben wir schon den halben Rückweg geschafft.« Kims Miene hellte sich auf. »Auf geht's!«

Eine Viertelstunde später bogen sie in den holprigen Weg zum Campingplatz ein.
»Aua!« Marie, die auf dem Gepäckträger Platz genommen hatte, während Franzi fuhr, sprang ab und hielt sich den Po. »Hier gibt es eindeutig zu viele Schlaglöcher. Das letzte Stück gehe ich lieber zu Fuß.« Langsam joggte sie neben Franzi und Kim her. Sie war froh, dass sie sich heute Nachmittag für bequeme feuerrote Turnschuhe entschieden hatte.

Der Mond erhellte den von kahlen Bäumen gesäumten Weg, ansonsten herrschte absolute Dunkelheit. Nirgendwo war ein Lichtpunkt zu sehen, abseits der Landstraße schien es weder bewohnte Häuser noch Straßenlaternen zu geben. Rechts von ihnen tauchte eine Holzschranke auf. Sie war geschlossen. Dahinter erhoben sich schemenhaft ein paar verrammelte Wohnwagen. Alles wirkte völlig verwaist. Nicht einmal ein Hund bellte, als sie näher kamen.
»Der Campingplatz scheint über den Winter tatsächlich geschlossen zu haben«, stellte Marie fest, die allmählich ein bisschen außer Atem geriet.
»Hier geht's lang!« Kim hatte einen Wegweiser entdeckt, der hinter dem Campingplatz an einer Gabelung stand.
Sie bogen ab und gelangten über einen schmalen Trampelpfad zum See. Das dunkle Wasser war spiegelglatt und glänzte geheimnisvoll im Mondlicht. An einigen Stellen war es gefroren, aber für eine stabile Eisschicht war die Kälteperiode bisher zu kurz gewesen.
Am Westufer befanden sich mehrere kleine Holzhäuser mit direktem Zugang zum Wasser. Sie waren von Schilf umgeben und besaßen jeweils einen eigenen Steg, auf dem man sich an warmen Tagen bestimmt prima sonnen konnte. Im Sommer musste es hier wahnsinnig idyllisch sein, aber jetzt, in der Februarkälte, wirkte der See einsam und düster.
Marie schauderte. »Das müssen die Bootshäuser sein.« Sie zeigte auf die Holzhütten. »Kommt!«
Die drei !!! umrundeten den See. Je näher sie den Bootshäusern

kamen, desto größer wurde Maries innere Unruhe. Was, wenn die Entführer gar nicht abgehauen waren? Wenn sie beschlossen hatten, unterzutauchen, bis sich die erste Aufregung gelegt hatte? Dann wäre so ein Bootshaus das ideale Versteck. Bestimmt kam den ganzen Winter über nie jemand her.

»Pst!«, zischte Marie, als Kim quietschend bremste und vom Fahrrad sprang.

»Wieso?«, fragte Franzi. »Hier ist doch niemand.«

»Wer weiß …« Marie näherte sich so leise wie möglich dem ersten Bootshaus. Es war dunkelbraun und hatte eine weiße Tür. Das Nachbarhaus war hellblau und das daneben weiß. Erst das letzte Häuschen in der Reihe war dunkelrot. Von der blauen Tür blätterte die Farbe ab und die Gardinen vor dem kleinen Fenster waren zugezogen. Nichts regte sich. Alles war dunkel und still.

Als Marie um das Haus herumgehen wollte, rutschte sie fast auf den unebenen Steinplatten aus, die von einer dünnen Eisschicht überzogen waren. »Vorsicht, glatt!«, warnte sie ihre Freundinnen.

»Ich glaub nicht, dass jemand da ist«, flüsterte Kim. Probeweise drückte sie die Türklinke herunter. »Abgeschlossen.«

»Lass mich mal.« Marie untersuchte das Schloss. »Das krieg ich locker auf.« Sie zog eine Haarnadel aus ihrer Jackentasche, steckte sie ins Schloss und drehte sie konzentriert hin und her. Kurze Zeit später machte es *klick* und die Tür schwang auf.

»Super!« Kim klopfte ihr auf die Schulter.

Zufrieden steckte Marie die Haarnadel ein und betrat das

Bootshaus. Im Inneren war es fast genauso kalt wie draußen. Es roch ein bisschen modrig nach Seewasser und Schilf. Marie drückte auf einen Schalter an der Wand und eine nackte Glühbirne an der Decke flammte auf.

»Ist doch ganz nett hier«, stellte Kim fest.

Marie nickte. Man sah, dass sich jemand Mühe mit der Einrichtung gegeben hatte. Auch wenn das schon ziemlich lange her sein musste. Der Holzboden war einmal weiß gewesen, jetzt war die Farbe an vielen Stellen abgewetzt. Auch die blau-weiß karierten Gardinen am Fenster waren von einem Grauschleier überzogen. In einer Ecke stapelten sich Gummistiefel, ein kaputter Klappstuhl, mehrere Eimer, Sandspielzeug, eine löchrige Picknick-Decke und andere Dinge. Neben der Tür befanden sich ein paar Haken an der Wand, an denen ein gelber Regenmantel, ein Kescher, Angelruten und Gartenwerkzeuge hingen. Franzi ging zu einem kleinen Tisch, der unter dem Fenster stand. Darauf lagen ein paar Zettel zwischen alten Werbeprospekten und einem Katalog für Angelzubehör. Franzi schob die Papiere hin und her. Plötzlich hielt sie mitten in der Bewegung inne und gab einen seltsamen Laut von sich.

»Was ist?«, fragte Marie.

Franzi starrte auf einen der Zettel. »Hier … hier steht mein Name.«

»Was?« Kim trat hinter ihre Freundin. »Das kann nicht sein!«

»Doch.« Franzi hielt einen Zettel hoch, der aus einem Notizblock herausgerissen worden war. Ihre Hand zitterte leicht.

»Tatsächlich.« Marie runzelte die Stirn. Das Blatt war voller kleiner Kritzeleien: Schnörkel, Kringel, Strichmännchen – und dazwischen stand immer wieder ein Name in unterschiedlichen Größen und Schrifttypen:
Franzi, Franzi, FRANZI
»Das ist echt unheimlich«, murmelte Franzi.
»Was hat das zu bedeuten?«, fragte Marie.
»Es gibt nur zwei logische Erklärungen«, sagte Kim. »Entweder es handelt sich um einen Zufall, was ich nicht glaube. Oder dieser Mick hat das geschrieben.«
»Wann denn?« Franzi starrte immer noch wie hypnotisiert auf den Zettel. »Wir kennen uns doch erst seit heute.«
»Das ist genau der Punkt«, sagte Kim langsam. »Wenn Erklärung zwei zutrifft, muss Mick hier gewesen sein, nachdem er, Sam und Lia dich in der Jagdhütte zurückgelassen haben.«
»Dann können sie noch nicht lange weg sein.« Marie spürte ein unangenehmes Kribbeln im Nacken und fuhr herum. Aber hinter ihr war niemand. Nur eine Spinne webte über der Tür fleißig ihr Netz.
»Und es lässt sich eine weitere Schlussfolgerung aus diesem Indiz ziehen.« Kim machte eine kurze Pause. »Du scheinst einen bleibenden Eindruck bei Mick hinterlassen zu haben, Franzi.«
Franzi wurde rot. »Ach was, die paar Kritzeleien haben überhaupt nichts zu bedeuten.« Rasch steckte sie den Zettel ein.
»Im Gegenteil.« Marie grinste. »Sie zeigen, dass Micks Unterbewusstsein offenbar komplett von dir besessen ist. Du hast dem armen Kerl den Kopf verdreht!«

»Quatsch«, sagte Franzi ärgerlich. »Können wir jetzt bitte das Thema wechseln?«

Kim sah sich nachdenklich um. »Die Entführer waren also heute noch mal hier. Warum?«

»Vielleicht wussten sie nicht, wo sie sonst hinsollten«, vermutete Marie. »Sie können sich ja nirgendwo blicken lassen, schließlich werden sie gesucht. Also haben sie im Bootshaus einen Zwischenstopp eingelegt, um in Ruhe zu überlegen, was sie jetzt tun könnten.«

Franzi nickte. »Das wäre möglich. Der Aufbruch aus der Jagdhütte war ja ziemlich überstürzt, weil dieser Förster im Wald herumgelaufen ist. Außerdem waren sie die ganze Zeit schon sehr nervös.«

»Hast du irgendeine Idee, was sie vorhaben könnten?«, fragte Kim.

»Sie versuchen bestimmt, sich irgendwie in den Süden durchzuschlagen«, sagte Franzi. »Vielleicht klauen sie ein Auto. Oder sie nehmen tatsächlich den nächsten Flieger. Geld genug haben sie ja.«

Marie seufzte. »Dann sind sie bestimmt schon über alle Berge.«

»Wenn wir wenigstens wüssten, in welches Land sie wollen«, sagte Kim. »Spanien, Portugal, Frankreich, Italien ... die Liste ist endlos.«

»Das ist, als würde man die berühmte Nadel im Heuhaufen suchen«, bemerkte Marie düster.

»Vielleicht sollten wir alles Weitere einfach der Polizei überlassen«, schlug Franzi vor. »Kommissar Peters hat doch ganz andere Möglichkeiten.«

»Was ist los mit dir?« Marie runzelte die Stirn. »Sonst gibst du auch nicht so schnell auf. Kann es sein, dass du ganz froh wärst, wenn uns Mick und seine Komplizen entwischen?«

»Unsinn.« Franzi mied Maries Blick. Zerstreut griff sie nach einem Notizblock, der halb verborgen unter einem Stapel Prospekte auf dem Tisch lag.

»Darf ich mal sehen?« Kim nahm Franzi den Block aus der Hand und hielt ihn schräg gegen das Licht. »Hab ich's mir doch gedacht! Jemand hat etwas auf dem Block notiert und den Zettel anschließend abgerissen. Aber der Stift hat auf die Seite darunter durchgedrückt.«

»Kannst du den Text sichtbar machen?«, fragte Marie.

»Moment!« Kim wühlte in ihrem Rucksack und holte einen Bleistift heraus. »Das haben wir gleich.« Vorsichtig fuhr sie mit der weichen Spitze des Stifts über das Blatt. Langsam, ganz langsam schälten sich weiße Buchstaben aus dem Grafitgrau.

Marie sah Kim fasziniert über die Schulter. Sie kannte den Trick zwar schon, trotzdem kam es ihr jedes Mal wieder vor wie Zauberei.

»Was soll das heißen?«, fragte Franzi.

Kim hielt den Zettel hoch. »*Hbf ab 20.52 h*«, las sie vor.

»Hbf steht für Hauptbahnhof«, sagte Marie.

»Ein Zug!« Triumphierend schwenkte Kim den Zettel. »Das ist es! Die Täter wollen bestimmt mit einem Zug fliehen, der um 20.52 Uhr vom Hauptbahnhof abfährt.«

»Das müssen wir überprüfen.« Marie zog ihr Handy hervor und ging ins Internet. Sie rief die Seite der Bahn auf und gab die Abfahrtzeit ein. »Es gibt nur einen Zug, der um 20.52 Uhr abfährt. Der Nachtzug nach Paris.«

»Das muss er sein!« Kim steckte den Zettel in ihr Detektivtagebuch. Wichtige Beweismittel hob sie auf, um sie später ordentlich zu archivieren. »Wahrscheinlich wollen sie von Paris aus weiterreisen. Vielleicht nach Spanien oder Portugal.«

»Gar nicht so dumm«, sagte Marie. »In Zügen wird nicht so streng kontrolliert wie am Flughafen. Da stehen die Chancen viel besser, dass sie die Grenze problemlos passieren können.«

Kim warf einen Blick auf die Uhr. »Verdammt, wir haben nicht mehr viel Zeit! Wir müssen zum Bahnhof – und zwar so schnell wie möglich.«

»Mit den Fahrrädern haben wir keine Chance«, stellte Marie fest.

»Ob hier irgendwo ein Bus fährt?«, überlegte Kim.

»Glaub ich nicht«, sagte Franzi. »Ich hab jedenfalls an der Landstraße keine Bushaltestelle gesehen.«

»Wir könnten ein Taxi rufen«, schlug Marie vor.

»Viel zu teuer.« Franzis Miene hellte sich auf. »Ich hab eine bessere Idee. Ich rufe Stefan an!«

»Meinst du, dein Bruder hat Lust, uns hier in dieser gottverlassenen Gegend abzuholen?«, fragte Kim zweifelnd.

»Keine Ahnung, aber fragen kostet nichts.« Franzi streckte die Hand aus. »Darf ich mal dein Handy benutzen?«

»Klar.« Kim gab ihr das Telefon.

Franzi tippte die Nummer ein und hielt sich das Smartphone ans Ohr.
»Hallo, Stefan, hier ist Franzi. Wo bist du gerade? ... Sag mal, könntest du Kim, Marie und mich vom Fischbacher See abholen? ... Ja genau, jetzt sofort. Ist eine Art Notfall. ... Nein, es ist nichts passiert. Wir stecken nur gerade mitten in einer Ermittlung und – ... Super, danke!« Sie beendete das Gespräch und gab Kim ihr Handy zurück.
»Und?«, fragte Marie.
»Er kommt!« Franzi grinste. »Ich wusste doch, dass auf meinen Bruder Verlass ist. In einer Viertelstunde ist er da.«
»Prima!« Kim setzte sich an den Tisch und schlug ihr Detektivtagebuch auf. »Solange wir warten, mache ich mir schnell ein paar Notizen.«
Maries Handy summte. Eine Nachricht von Holger!

Wo steckst du? Bin im Jugendzentrum und warte auf dich.

Marie wurde es heiß. Mist! Sie hatte vergessen, Holger Bescheid zu sagen, dass sie es nicht pünktlich schaffen würde. Das musste sie so schnell wie möglich nachholen. Hastig begann sie zu tippen.

Sorry, sorry, sorry!!! Komme etwas später, wichtige Ermittlungen. Beeil mich. Nicht weglaufen, okay?

Sie schickte die Nachricht ab. Hoffentlich war Holger nicht

sauer! Wenn doch, konnte sie es ihm nicht mal verdenken. In letzter Zeit hatte sie ihn viel zu oft versetzt. Das musste sich unbedingt ändern!
Holgers Antwort kam postwendend.

☺👍♥♥💋

Marie lächelte. Mit Holger hatte sie wirklich den Hauptgewinn gezogen. Er war einfach der Beste!

Wettlauf gegen die Zeit

Detektivtagebuch von Kim Jülich
Rosenmontag, 20:25 Uhr

Bin in Eile, darum nur kurz: Unglaublich, aber wahr! Statt Karneval zu feiern, stecken wir mitten in einem Fall. Es ist so viel passiert, dass ich gar nicht weiß, wo ich anfangen soll. Am besten der Reihe nach:

1. Während des Rosenmontagsumzugs wurden wir Zeugen, wie in der Innenstadt ein Kiosk überfallen wurde.
2. Als wir den beiden Tätern hinterhergerannt sind, haben sie Franzi in ein Auto gezerrt und entführt!!!
3. Wir haben das Fluchtauto verfolgt und Franzi befreit (Einzelheiten später).
4. Die drei Täter (zwei Männer, eine Frau) sind immer noch flüchtig.
5. Wir vermuten, dass sie sich mit dem Nachtzug um 20.52 Uhr nach Paris absetzen wollen, um von dort aus weiter in den Süden zu fliehen.

Gleich kommt Stefan und bringt uns zum Bahnhof. Ich bin total kribbelig. Hoffentlich kommen wir noch rechtzeitig! Was, wenn uns der Zug vor der Nase wegfährt?
Moment, mein Handy klingelt, ich muss Schluss machen.
Fortsetzung folgt ...

Marie zuckte zusammen, als Kims Handy klingelte. Hastig schlug Kim das Detektivtagebuch zu und warf einen Blick auf das Display.
»Der Kommissar!«, rief sie überrascht. »Hallo, Kommissar Peters?« Rasch stellte sie auf laut.
»Kim!« Peters' Stimme dröhnte aus dem Lautsprecher. »Tut mir leid, dass ich mich erst jetzt melde, aber hier ist die Hölle los. Ich stecke mitten in den Ermittlungen zu einem Raubüberfall und hab meine Mailbox gerade erst abgehört. Was ist los? Ihr habt euch hoffentlich nicht wieder in Schwierigkeiten gebracht, oder?«
Franzi schnaubte ärgerlich und Marie verdrehte die Augen. Das war mal wieder typisch! Der Kommissar neigte leider dazu, die Detektivinnen zu unterschätzen und sie wie kleine Kinder zu behandeln.
»Natürlich nicht«, sagte Kim so würdevoll wie möglich. »Geht es bei Ihren Ermittlungen zufällig um den Überfall auf den Kiosk in der Innenstadt?«
»Ja!« Der Kommissar stutzte. »Woher weißt du das? Ach, du hast bestimmt in den Nachrichten davon gehört, richtig?«
»Nein, wir waren live dabei.«
»Wie bitte?«
Kim erzählte, was geschehen war.
»Die Täter haben Franzi entführt und sich mit ihr in einer Jagdhütte verschanzt?«, donnerte der Kommissar. »Warum zum Teufel habt ihr mich nicht sofort angerufen?«
»Das haben wir ja«, antwortete Kim geduldig. »Aber Sie sind

nicht rangegangen. Ich hab Ihnen auf die Mailbox gesprochen, schon vergessen?«

Peters atmete tief durch. »Wo seid ihr jetzt?«

»In einem Bootshaus am Fischbacher See. Aber in ...«, Kim sah auf die Uhr, »in ungefähr fünf Minuten machen wir uns auf den Weg zum Hauptbahnhof. Wir vermuten, dass die Täter um 20.52 Uhr mit dem Nachtzug nach Paris abhauen wollen.«

»Mit einem Zug?«, fragte Peters skeptisch. »Wie kommt ihr darauf?«

»Lange Geschichte. Vertrauen Sie uns einfach.«

Einige Sekunden blieb es still am anderen Ende der Leitung.

»Okay«, sagte der Kommissar schließlich. »Wir treffen uns am Bahnhof. Ich bringe Verstärkung mit. Und ihr unternehmt nichts auf eigene Faust, klar?«

Von draußen ertönte ein Hupen.

»Wir müssen los«, sagte Kim, wobei sie sich geschickt um eine Antwort drückte. »Bis gleich!«

»Kannst du nicht ein bisschen Gas geben?« Marie umklammerte nervös ihren Sicherheitsgurt. Alle paar Sekunden warf sie einen Blick zur Uhr am Armaturenbrett.

20.36 Uhr.

»Sorry, aber hier darf man nur achtzig fahren.« Stefan zuckte bedauernd mit den Schultern. »Tempolimit.«

»Mist!« Franzi, die vorne neben ihrem Bruder saß, zupfte angespannt an ihrem Ohrläppchen.

»Darf ich fragen, warum ich euch um diese Uhrzeit mitten in

der Pampa abholen und zum Bahnhof fahren soll?«, erkundigte sich Stefan. »Noch dazu in diesem Aufzug.« Er warf einen vielsagenden Blick auf Franzis schwarzen Umhang.
»Heute ist Rosenmontag, falls du es noch nicht gemerkt hast«, sagte Franzi. »Alles andere fällt leider unter die Schweigepflicht.«
»Verstehe.« Stefan nickte. »Streng geheime Ermittlungen, stimmt's?«
»Ganz genau«, bestätigte Franzi.
»Trotzdem supernett von dir, dass du uns hilfst«, ergänzte Kim.
»Euer Anruf kam mir gerade recht.« Stefan zog eine Grimasse. »Eigentlich müsste ich dringend für eine Klausur lernen, aber ich hab überhaupt keine Lust. Da bin ich für jede Ablenkung dankbar.«
»Lass das nicht Mama und Papa hören.« Franzi grinste.
Stefan war bereits von zu Hause ausgezogen. Er studierte BWL und lebte in einer Wohngemeinschaft.
20.44 Uhr.
»Verdammt!«, schimpfte Marie. »Wenn das so weitergeht, ist der Zug schon weg.«
Stefan bremste vor einer roten Ampel. Er war von der Landstraße abgebogen und hatte sich in den Stadtverkehr eingefädelt. Hier war deutlich mehr Betrieb und es gab jede Menge Ampeln – die alle auf Rot zu springen schienen, sobald sich Stefans alter Opel näherte.
»Wollt ihr verreisen?« Stefan zog die Augenbrauen hoch.

Franzi machte eine Bewegung mit der Hand, als würde sie ihren Mund abschließen und den Schlüssel wegwerfen.
Ihr Bruder verdrehte die Augen und fuhr wieder an, nachdem die Ampel grün geworden war.
20.47 Uhr.
Zum Glück ging es jetzt etwas schneller voran. Sie passierten zwei weitere Ampeln und Stefan setzte den Blinker, um zum Bahnhof abzubiegen. Der hohe Turm mit der großen Uhr, der neben der Gleishalle stand, ragte schon hinter den Häusern auf – fast in greifbarer Nähe …
»Oh nein!« Kim stöhnte, als direkt vor ihnen die letzte Ampel rot wurde.
»Das gibt's doch nicht!« Marie schlug frustriert mit der flachen Hand auf die Rückbank. »Los, wir laufen.« Sie riss die Tür auf und sprang aus dem Wagen.
»Danke, Bruderherz!« Franzi drückte Stefan einen schnellen Kuss auf die stoppelige Wange, bevor sie ebenfalls ausstieg. »Hast was gut bei mir.«
»Moment mal«, rief Stefan den Mädchen hinterher. »Und was soll ich jetzt machen?«
»Fahr nach Hause und lern für deine Klausur«, empfahl Kim, bevor sie die Autotür zuwarf.
20.50 Uhr.
»Beeilung, Leute, noch zwei Minuten.« Marie rannte los.
Kim und Franzi folgten ihr. Sie spurteten über den Bürgersteig, bogen um die Ecke und überquerten den Bahnhofsvorplatz. Durch eine Glastür gelangten sie in die Bahnhofshalle. Hier

war es laut und voll. Menschen in bunten Kostümen liefen hin und her, unterhielten sich in kleinen Grüppchen, blickten auf die elektronische Anzeigetafel, die ganz oben an der Wand hing, kauften beim Bäcker ein Brötchen oder deckten sich am Kiosk mit Zeitschriften und Süßigkeiten ein. Marie schlängelte sich so schnell wie möglich zwischen den Reisenden hindurch.
Franzi sah auf die Anzeigetafel. »Gleis 6.«
»Schneller!«, rief Kim.
20.51 Uhr.
Da war die Treppe zum Gleis! Marie nahm immer mehrere Stufen auf einmal. Hinter sich hörte sie die Schritte von Kim und Franzi.
Geschafft! Marie blieb keuchend stehen und sah sich um.
20.52 Uhr.
Ein Pfiff ertönte. Der Schaffner gab dem Lokführer das Signal zur Abfahrt. Die Türen gingen zu und der Zug setzte sich langsam in Bewegung.
»Stopp!« Kim machte ein paar Schritte, als wollte sie dem Zug hinterherlaufen, dann blieb sie mit hängenden Armen stehen. Es war sinnlos.
Franzi sah dem Zug nach. Auf ihrem Gesicht spiegelten sich unterschiedliche Gefühle: Enttäuschung, Ärger, aber auch Erleichterung und ein winziges bisschen Sehnsucht.
Marie schüttelte frustriert den Kopf. Die Täter waren entkommen. Sie saßen jetzt munter im Zug nach Paris und lachten sich ins Fäustchen.
Sie hatten es vermasselt!

Alle aussteigen, bitte!

»*Achtung, eine Durchsage*«, tönte es aus den Lautsprechern. »*Der Nachtzug nach Paris fährt heute mit fünf Minuten Verspätung von Gleis 6 ab. Wir warten noch auf Anschlussreisende. Ich wiederhole …*«

Marie blickte zum Gleis gegenüber, an dem ein französischer Schnellzug stand. Auf einem quadratischen Schild über dem Gleis prangte eine große Sechs.

»Das ist er!« Kim zeigte auf den Zug. »Der Nachtzug nach Paris! Wir stehen am falschen Gleis.«

»Glück gehabt.« Marie wischte sich ein paar Schweißperlen von der Stirn und seufzte erleichtert. »Habt ihr den Kommissar schon gesichtet?«

»Nein«, antwortete Franzi. »Vielleicht steckt er irgendwo im Verkehr fest.«

»Typisch«, schimpfte Kim. »Wenn man ihn mal braucht, kommt er zu spät. Los, dann suchen wir die Täter eben selbst.«

Langsam gingen sie am Zug entlang und warfen einen Blick in jedes Fenster. Die meisten Abteile waren voll besetzt. Viele

Menschen trugen Kostüme. Ein kleiner Junge, der als Pirat verkleidet war, winkte Marie zu. Sie winkte zurück.
Ein paar Reisende hasteten die Treppe hinauf und stiegen eilig ein. Der Schaffner, der auf dem Gleis stand, sah auf die Uhr.
»*An Gleis 6 bitte einsteigen, Türen schließen selbsttätig. Vorsicht bei der Abfahrt des Zuges*«, schallte es aus den Lautsprechern.
»Nein!«, rief Kim.
»Wir müssen den Zug aufhalten. Wo bleibt denn der Kommissar?« Als Marie gerade losstürmen wollte, um dem Schaffner Bescheid zu sagen, stieß sie gegen Franzi, die wie hypnotisiert in ein Abteil starrte. Marie folgte ihrem Blick und schnappte nach Luft. »Da sind sie ja!«
Gerade betraten zwei Sträflinge und eine Katze das Abteil, in dem bereits der kleine Pirat mit seiner Mutter saß. Sie verstauten ihr Gepäck in der Ablage über den Sitzen und die Katze ließ sich auf den freien Platz am Gang fallen.
Der Schaffner hob den Arm, um das Signal zur Abfahrt zu geben.
»Ich übernehme den Schaffner, ihr kümmert euch um die drei, okay?« Kim rannte los.
»Schnell!« Marie griff nach Franzis Arm und zog sie zur nächsten Tür. Die Detektivinnen sprangen in den Waggon und hasteten den Gang entlang. »Wir müssen die Täter aus dem Zug holen, bevor er abfährt.« Vor dem Abteil blieb Marie stehen und riss die Tür auf. »Endstation! Alle aussteigen, bitte.«
Mick, Sam und Lia starrten sie an. Sam schnappte überrascht nach Luft, aber Lia blieb ganz ruhig.

»Was soll das?«, fragte sie.
»Ich will aber nicht aussteigen«, jammerte der kleine Pirat.
»Du darfst natürlich mitfahren«, sagte Marie schnell. »Aber für die drei hier ist die Reise zu Ende, bevor sie überhaupt angefangen hat. Euer nächster Halt lautet: Polizeirevier!«
Die Katze zog spöttisch eine Augenbraue hoch. »Spinnst du? Wer bist du überhaupt?«
»Marie Grevenbroich«, antwortete Marie gelassen. »Detektivin. Gib am besten freiwillig auf. Ihr habt keine Chance. Die Polizei ist unterwegs.«
Mick hatte nur Augen für Franzi. »Bist du auch Detektivin?«
Franzi nickte. »Tut mir leid, dass du es jetzt doch nicht in den Süden schaffst.«
Ein trauriges Lächeln erschien auf Micks Gesicht. »War wohl nicht der richtige Zeitpunkt.«
»Vielleicht kommt der ja noch«, sagte Franzi leise. »Wenn das hier alles vorbei ist.«
»Ja.« Mick nickte langsam. »Vielleicht.«
»Kann mir mal jemand erklären, was hier los ist?«, mischte sich die Mutter des Piraten ein. »Warum fährt der Zug nicht ab?«
»Weil diese drei hier erst aussteigen müssen«, erklärte Marie. »Sie werden polizeilich gesucht.«
»Wie bitte?« Die Frau legte schützend den Arm um ihren Sohn.
»Wenn du glaubst, dass ich diesen Zug freiwillig verlasse, hast du dich geschnitten.« Die Katze lehnte sich zurück und schlug die Beine übereinander. »Ich steige erst in Paris wieder aus.«

»Hör auf damit, Lia«, sagte Mick. »Es ist vorbei.«
»Du kannst ja gehen, wenn du willst.« Die Katze warf ihm einen abfälligen Blick zu. »Ich bleibe hier.«
Sam sah unschlüssig von einem zum anderen. »Vielleicht sollten wir lieber abhauen«, raunte er Lia zu. »Bevor die Bullen auftauchen.«
»Unsinn«, zischte Lia. »Die Tussi blufft doch nur.«
»Nein, tut sie nicht.« Kommissar Peters trat neben Marie.
»Na endlich!« Marie seufzte erleichtert.
»Entschuldigung«, sagte Peters. »Ich bin aufgehalten worden.« Er warf einen Blick auf die Katze und ihre beiden Komplizen. »Das sind die drei Tatverdächtigen?«
Marie nickte. »Darf ich vorstellen? Lia, Sam und Mick. Sie haben den Kiosk überfallen und Franzi entführt.«
»Und Sie sind?«, fragte die Katze mit hochgezogenen Augenbrauen.
»Peters, Kriminalpolizei.« Der Kommissar zog seinen Ausweis hervor und hielt ihn den Verdächtigen hin. »Ich muss Sie bitten, auszusteigen und mit mir aufs Präsidium zu kommen. Wir haben ein paar Fragen.«
»Ich denke ja gar nicht daran.« Lia verschränkte die Arme vor der Brust. »Das ist Freiheitsberaubung!«
Sam ballte die Fäuste. In seinem Blick lag Panik.
»Jeder Fluchtversuch ist zwecklos«, informierte ihn der Kommissar ruhig. Er zeigte zum Fenster, vor dem zwei uniformierte Polizisten Position bezogen hatten. Hinter ihnen stand Kim und winkte. »Gehen wir.«

Mick wollte der Aufforderung des Kommissars gerade Folge leisten, aber Sam kam ihm zuvor. Mit einem Satz war er bei Peters, stieß ihn zur Seite und rannte los.
»Stehen bleiben!«, rief Marie. Sie wollte die Verfolgung aufnehmen, doch Peters schüttelte den Kopf.
»Keine Sorge, der kommt nicht weit.« Er nickte Mick zu. »Nach dir.«
Mick verließ das Abteil, ohne Widerstand zu leisten. Im Vorbeigehen lächelte er Franzi zu. »Ich schreib dir eine Postkarte, wenn ich im Süden bin, okay?«
Franzi lächelte zurück. »Okay.«
Traurig blickte sie ihm nach. Marie nahm ihre Hand und drückte sie. »Er wird es schon schaffen. Netter Typ übrigens. Ich kann verstehen, dass du ihn magst.«
Der Kommissar hatte die Katze am Arm gepackt und zog sie von ihrem Sitz. »Auf geht's!«
»Lassen Sie mich los!« Lia wehrte sich mit Händen und Füßen, aber Peters hielt sie eisern fest.
»Schöne Grüße von Doro übrigens«, bemerkte Marie.
»Was?« Lia erstarrte.
»Wir sollen dir ausrichten, dass du bald nach Hause kommen sollst«, sagte Franzi. »Doro wartet auf dich.«
Lia schluckte und ließ sich von Kommissar Peters den Gang entlangschieben, ohne weiter um sich zu schlagen.
»Gute Reise«, wünschte Marie dem kleinen Piraten und seiner Mutter. »Jetzt geht es bestimmt gleich los.«
Marie und Franzi folgten dem Kommissar und stiegen aus.

Auf dem Gleis erwarteten mehrere Polizisten die Verdächtigen. Sam wurde bereits von zwei Beamten festgehalten. An den Zugfenstern erschienen neugierige Gesichter und sahen zu, wie die Handschellen klickten.

»Finger weg, ihr Idioten!«, fauchte Lia, aber es half nichts.

»Abführen«, befahl Peters. Er winkte einem Kollegen. »Holt das Gepäck der drei aus dem Abteil. Vermutlich ist die Beute aus dem Überfall dabei. Danach kann der Zug abfahren.«

Lia, Mick und Sam wurden von drei Polizisten die Treppe hinuntergeführt und verschwanden aus dem Blickfeld der Detektivinnen. Nur Lias Gezeter war noch eine Weile zu hören.

»Das war echt knapp«, stellte Kim fest, als der Schaffner endlich das Abfahrtssignal gab. Die Türen gingen zu und der Zug setzte sich in Bewegung.

»Aber wir haben es geschafft«, sagte Marie zufrieden.

»Euch ist klar, dass ihr euch mal wieder in große Gefahr begeben habt, oder?«, begann der Kommissar.

»Ja!«, riefen die drei !!! im Chor.

»Völlig klar«, fügte Kim hinzu.

»Sie können sich Ihre übliche Strafpredigt also einfach sparen«, sagte Marie. »Dann haben Sie umso mehr Energie für den nächsten Fall.«

»Und lösen ihn vielleicht ausnahmsweise mal schneller als wir.« Franzi grinste.

Peters warf den Detektivinnen einen irritierten Blick zu, bevor er lächelnd den Kopf schüttelte. »Ihr leidet nicht gerade unter Minderwertigkeitskomplexen, was? Aber ich muss zugeben, dass ihr diesen Fall wirklich im Rekordtempo aufgeklärt habt. Ohne euch wären die Verdächtigen jetzt auf dem Weg nach Paris.«

»Was passiert nun mit Mick und den anderen?«, fragte Franzi. »Müssen sie ins Gefängnis?«

»Das wird sich zeigen.« Der Kommissar wurde wieder ernst. »Erst mal werden wir die drei ausführlich befragen. Bewaffneter Raubüberfall ist ein schweres Verbrechen.«

»Mick hat nur mitgemacht, um seinem Bruder zu helfen«, sagte Franzi leise. »Und die Waffe war nicht echt.«

»Die Einzelheiten werden noch gründlich untersucht«, versicherte der Kommissar. »Von euch brauche ich natürlich auch eine Zeugenaussage, besonders von dir.« Er warf Franzi einen prüfenden Blick zu. »Geht es dir gut?«

Franzi nickte. »Mick hat mir mehrmals geholfen. Und er wollte die anderen überreden, dass sie mich gehen lassen.«

»Wenn das so ist, wird sich das sicher strafmildernd für ihn auswirken«, sagte der Kommissar. »Aber das hat Zeit bis morgen. Am besten, ihr kommt nachmittags im Präsidium vorbei, dann nehme ich eure Aussagen auf. Soll ich euch jetzt nach Hause bringen?«

Maries Handy klingelte. Sie zuckte zusammen und warf einen Blick aufs Display. Lina! »Sorry, ich muss kurz rangehen.« Sie trat einen Schritt zur Seite. »Hallo?«

»Marie! Wo bleibst du denn? Ihr wolltet doch zur Party kommen, oder?« Lina klang aufgekratzt. Im Hintergrund waren Stimmen und Musik zu hören.

»Ja, sorry. Mir ist was dazwischengekommen.«
»Die Party ist echt super. Du kommst noch, oder? Du hast es versprochen!«
Marie unterdrückte ein Gähnen. Erst jetzt merkte sie, wie müde sie war. Der Tag war lang und anstrengend gewesen. Eigentlich war sie überhaupt nicht in der Stimmung für eine Party. Andererseits hielt sie normalerweise, was sie versprach. Und Holger wartete schließlich auch auf sie ...
»Na gut. Ich bin in einer Viertelstunde da.«
»Super! Bis gleich.« Lina legte auf, ehe Marie noch etwas sagen konnte.
Seufzend drehte sie sich zu den anderen um. »Könnten Sie uns auch zum Jugendzentrum bringen?«, fragte sie den Kommissar. »Da steigt heute die große Karnevalsparty.«
»Natürlich.« Der Kommissar zog seine Autoschlüssel aus der Manteltasche. »Das ist das Mindeste, was ich für euch tun kann.«

Freunde für immer

»Danke fürs Mitnehmen!« Kim schlug die Autotür zu.
Der Kommissar wendete den Wagen, winkte noch einmal und fuhr davon.
Marie zog die feuerrote Maske aus ihrer Tasche und setzte sie auf. »Wie sehe ich aus?«
Franzi musterte sie prüfend. »Ein bisschen zerzaust, aber ansonsten ziemlich feurig.«
»Zerzaust?« Hektisch fuhr sich Marie durch die Haare. »Mist! Bevor wir auf die Party gehen, muss ich erst mal mein Styling optimieren.«
»Ich fürchte, meine Frisur sitzt auch nicht mehr perfekt.« Kim zwirbelte eine Strähne unter ihrem Hexenhut hervor.
Franzi verdrehte die Augen. »Ist doch völlig egal. Es ist Karneval! Kein Mensch interessiert sich für eure Haare.«
»Doch, ich«, korrigierte Marie. »Erste Station: Mädchenklo. Zweite Station: Paaarty!«

Zehn Minuten später verließ Marie zufrieden die Damentoilette. Sie hatte sich die Haare gekämmt, ihr Make-up aufgefrischt und ein paar Tannennadeln von ihrer Jacke gezupft. Jetzt fühlte sie sich wieder wie ein Mensch – beziehungsweise wie ein Feuerwesen.

»Auf zur Party!« Sie warf sich das Ende der Federboa über die Schulter, rückte ihre Maske zurecht und marschierte über den Flur zum Jugendcafé. Die Tür ging auf und ein paar kichernde Trolle stürmten heraus. Sie rannten die Detektivinnen beinahe um.

»Passt doch auf!« Kim drohte ihnen gut gelaunt mit dem Zeigefinger, an dem ihr Spinnenring aufblitzte. »Sonst kriegt ihr es mit Kim, der bösen Hexe, zu tun. Alle Spinnen hören heute auf mein Kommando!«

Die drei !!! betraten den dunklen Raum, der im Rhythmus der Musik von zuckenden Lichtern erhellt wurde. Es war sehr warm, sehr laut und sehr voll. Auf der Tanzfläche tummelten sich Elfen, Meerjungfrauen, Seeräuber, Superhelden, Clowns, Monster und andere bunte Gestalten. Am Tischkicker lieferten sich mehrere Ritter eine heiße Schlacht gegen drei Kakerlaken.

»Ich hab Durst«, rief Franzi gegen die Musik an. »Wollt ihr auch was trinken?«

»Gern«, antwortete Marie. Kim nickte ebenfalls.

Franzi reckte den Daumen in die Höhe und verschwand mit wehendem Umhang in Richtung Theke. Während Marie nach Holger Ausschau hielt, wurde Kim von einer Möhre angetanzt. Hastig machte sie einen Schritt zurück.

»Stehst du nicht auf junges Gemüse?« Marie lachte. »Ist doch total gesund!«
Die Möhre ließ nicht locker und tanzte noch einmal auf Kim zu. Dabei wippten die grünen Blätter auf ihrem Kopf im Takt der Musik.
»Hilfe«, jammerte Kim. »Ich werde von einer aufdringlichen Karotte verfolgt. Was soll ich tun?«
»Beiß einfach rein«, riet Marie.
Die Möhre fuchtelte mit den Armen, riss dabei fast einer Ketchupflasche, die gerade vorbeilief, das Colaglas aus der Hand und trat Marie auf den Fuß.
»Aua!« Marie sah genauer hin. Jetzt erkannte sie das orange geschminkte Gesicht, das aus dem Ganzkörperkostüm hervorschaute. »David!«
Kim seufzte erleichtert. »Hätte ich mir ja denken können.« Sie lächelte ihrem Freund zu. »Niemand ist so ungeschickt wie du.«
»Ich bin eben einzigartig.« David grinste. »Und – bin ich nicht zum Anbeißen?«
»Allerdings!« Kim lachte und gab David einen Kuss.
»Cooles Kostüm«, sagte Marie anerkennend. »Irgendwie so ... orange.«
»Danke.« David fuhr sich über die Stirn. »Ist nur leider ziemlich warm. Wollen wir tanzen, Knusperhexe?« Er hielt Kim die Hand hin.
»Klar!« Kim ergriff seine Hand und folgte ihm auf die Tanzfläche, wo gerade ein neuer Song begann. David hüpfte etwas

schwerfällig in seinem Möhrenanzug herum und schwenkte die Arme, wobei er um ein Haar einem Clown die Brille von der Nase fegte.
Marie wippte mit dem Fuß. Sie überlegte, ob sie auch tanzen gehen sollte, als Lina neben ihr auftauchte. Sie trug nicht mehr ihr Affenkostüm, sondern eine hellgrüne Leggins und darüber ein kurzes dunkelgrünes Kleid mit fransigem Saum und braunem Gürtel. Auf ihrem Kopf saß ein grüner Hut, an dem eine Feder steckte. In der Hand hielt sie ein halb volles Glas Apfelschorle.
»Hallo!« Lina strahlte Marie an. »Da bist du ja endlich. Du hast die halbe Party verpasst.«
»Sorry, ging nicht eher.« Marie musterte ihre Stiefschwester. »Tolles Robin-Hood-Kostüm!«
»Ich bin nicht Robin Hood, sondern Peter Pan«, stellte Lina etwas beleidigt klar. »Anouk geht als Glöckchen. In dem Affenkostüm hätte ich mich hier totgeschwitzt, darum hab ich mich vor der Party schnell umgezogen. Wie fandest du unseren Wagen?«
»Toll.« Marie dachte daran, wie sie sich heute Nachmittag den Umzug angeschaut hatten. Die bunten Wagen, die fliegenden Bonbons, das Konfetti und die fröhlich feiernden Menschen. Das schien eine Ewigkeit her zu sein. So unglaublich viel war seitdem passiert. Erst jetzt wurde ihr klar, wie viel Glück sie gehabt hatten. Alles war gut ausgegangen.
»Was hast du?« Lina warf Marie einen besorgten Seitenblick zu. »Du siehst plötzlich so ernst aus.«

»Nichts.« Marie schüttelte die Beklemmung ab, die sie überkommen hatte, und lächelte. »Hast du schon getanzt?«
»Klar!« Lina drehte sich einmal um die eigene Achse, wobei sie fast ihre restliche Apfelschorle verschüttete. »Ich bin die absolute Dancing-Queen, wusstest du das nicht?«
Marie lachte. So ausgelassen hatte sie ihre Stiefschwester lange nicht erlebt. »Du bist ja gut drauf heute. Immer noch verliebt, was?«
Eigentlich hatte sie Lina nur etwas necken wollen, aber offenbar hatte sie ins Schwarze getroffen.
Lina zuckte zusammen und wurde knallrot. »Quatsch!«
Marie grinste. »Gib's endlich zu, du hast dich verknallt.«
»Äh ... also ...«, druckste Lina herum. Dann verstummte sie.
»Raus mit der Sprache«, forderte Marie. »Wie heißt der Glückliche?«
Linas Gesicht wurde noch etwas röter. Sie trank ihre Apfelschorle in einem Zug aus, verschluckte sich und musste husten. Marie wartete amüsiert, bis der Hustenanfall vorüber war.
»Na ja ...« Lina räusperte sich umständlich, holte tief Luft und setzte noch einmal an. »Es handelt sich nicht um einen Jungen, sondern um ein Mädchen.« Sie warf einen vielsagenden Blick zur Tanzfläche, wo eine Elfe mit durchsichtigen Flügeln eine Handvoll Glitzerstaub in die Luft warf.
Marie zog überrascht die Augenbrauen hoch. »Anouk?«
»Was sagst du dazu?«, fragte Lina unsicher.
»Ich find's super!«, antwortete Marie. »Ich dachte bloß, ihr seid einfach nur gute Freundinnen.«

»Sind wir ja auch.« Lina seufzte. »Leider.«
»Das heißt, sie weiß nichts von deinen Gefühlen?«
Lina schüttelte den Kopf. »Ich trau mich nicht, es ihr zu sagen. Was, wenn sie gar nicht auf mich steht? Das wäre voll peinlich!«
»Der richtige Moment wird schon noch kommen«, sagte Marie. »Wenn es so weit ist, nimmst du einfach deinen Mut zusammen und redest mit ihr.«
»Meinst du?« Lina klang nicht überzeugt. »Aber was soll ich denn sagen?«
»Sag ihr einfach, dass du sie magst.«
»Von wegen einfach!« Lina seufzte. »Eigentlich wollte ich ja schon letztens bei Oma Agnes und Opa Herbert mit dir darüber reden, aber dann hab ich mich nicht so richtig getraut.«
»Warum denn nicht?«
»Ich war mir nicht sicher, wie du reagieren würdest«, gab Lina zu.
Marie legte ihrer Stiefschwester einen Arm um die Schulter. »Verliebt sein ist toll, ganz egal, ob in einen Jungen oder ein Mädchen. Ich freu mich total für dich! Außerdem kannst du mit mir über alles reden«, fügte sie hinzu.
»Echt?« Lina grinste erleichtert. »Danke!«
Die Elfe mit den durchsichtigen Flügeln löste sich aus der wogenden Menge und tänzelte leichtfüßig auf Lina zu. Sie schwenkte ihren Zauberstab, an dessen Spitze ein silberner Stern funkelte, und warf eine Handvoll glitzerndes Konfetti über Marie und Lina.

»Los, wir tanzen!«, rief sie Lina zu. »Oder muss ich dich erst verzaubern?«
Lina lachte und ließ sich von Anouk auf die Tanzfläche ziehen. Die beiden bewegten sich ausgelassen zur Musik und Lina strahlte über das ganze Gesicht. Marie lächelte. Liebe war doch etwas Wunderbares!
»Hallo, Königin des Feuers!« Ein Mönch in einer langen braunen Kutte trat neben Marie. Unter seiner Kapuze leuchteten grüne Augen, die Marie sofort erkannte.
»Holger!« Sie grinste. »Cooles Outfit.«
»Danke.« Holger zog die Kapuze vom Kopf und fuhr sich durch die Haare.
»Tut mir leid, dass ich dich schon wieder versetzt habe.« Marie machte ein zerknirschtes Gesicht. »Ich wäre ganz bestimmt pünktlich gewesen, wenn wir nicht in diesen völlig verrückten Fall gestolpert wären ...«
»Was war denn los?«, fragte Holger.
»Während des Rosenmontagsumzugs wurde ein Kiosk in der Innenstadt überfallen«, erzählte Marie. »Wir waren sozusagen live dabei.«
Holger runzelte die Stirn. »Das war doch in den Nachrichten, oder?«
»Genau. Wir haben die Täter verfolgt. Dann haben diese Idioten Franzi einfach in den Fluchtwagen gezerrt und entführt. Kim und ich konnten sie natürlich nicht im Stich lassen. Also haben wir uns an ihre Fersen geheftet und Franzi befreit. Die Täter wollten mit dem Nachtzug nach Paris abhauen, aber wir

haben sie im letzten Moment erwischt. Jetzt kümmert sich Kommissar Peters um sie.«

Holger begann zu lachen.

»Was ist so lustig?«, fragte Marie.

»Gar nichts.« Holger kicherte immer noch. »Ein ganz normaler Nachmittag im Leben der Marie Grevenbroich, was?«

Marie stieß ihm mit dem Ellbogen in die Seite. »Blödmann! Heißt das, du bist nicht sauer?«

Holger schüttelte den Kopf. »Quatsch! Ich bin total stolz auf dich. Wahnsinn, dass ihr schon wieder einen Fall gelöst habt.« Er legte den Arm um ihre Schulter. »Was nicht heißt, dass ich nicht gerne mehr Zeit mit dir verbringen würde. Manchmal kommt es mir so vor, als müsste ich mich zwei Monate vorher anmelden, um einen Termin bei dir zu kriegen. Wir haben schon total lange nichts mehr spontan unternommen. Selbst als ich noch in Billershausen gewohnt habe, haben wir uns öfter gesehen als jetzt.«

»Ich weiß.« Marie seufzte. »So geht es wirklich nicht weiter. Ich muss dringend etwas ändern.«

Holger zog sie an sich. »Jetzt bist du ja hier, das ist die Hauptsache.«

Marie schüttelte den Kopf. »Nein, mir reicht's! Immer dieser Terminstress, ständig muss ich Verabredungen verschieben oder versetze meine Freunde. Dabei sind Freunde doch das Wichtigste im Leben, oder?«

Holger nickte langsam. »Richtig.«

Marie kam es vor, als wäre sie endlos lange durch einen dunklen Raum geirrt und plötzlich hatte jemand die Tür aufgestoßen. Licht flutete herein und sie sah alles ganz deutlich vor sich. Schon seit Monaten war sie gestresst und fühlte sich zerrissen zwischen all ihren Verpflichtungen. Nichts und niemandem wurde sie wirklich gerecht. Doch daran konnte nur sie allein etwas ändern. Sie musste eine Entscheidung treffen.

Marie brauchte nicht lange zu überlegen. »Ich will mehr Zeit mit den Menschen verbringen, die mir etwas bedeuten«, stellte sie fest. »Also muss ich meine Hobbys zurückfahren.«

»Du willst nicht mit dem Gesangsunterricht aufhören, oder?«, fragte Holger. »Der ist dir doch so wichtig.«

»Stimmt, aber es reicht, wenn ich alle zwei Wochen eine Gesangsstunde nehme. Außerdem könnte ich mit dem Yogakurs aussetzen. Yoga kann ich auch zu Hause machen, wenn mir danach ist. Zur Theater-AG gehe ich natürlich weiter, aber beim nächsten Stück spreche ich nicht mehr für die Hauptrolle vor. Schließlich sollen die anderen auch mal eine Chance bekommen.« Sie grinste.

»Bist du sicher, dass du das wirklich willst?« Holger sah sie forschend an. »Ich kann mir Marie Grevenbroich ohne ihre tausend Termine gar nicht richtig vorstellen.«

»Keine Sorge, wenn mir langweilig wird, komme ich einfach vorbei und gehe dir auf die Nerven.« Marie lachte. Sie fühlte sich plötzlich leicht und frei. Warum hatte sie nicht schon viel früher beschlossen, sich diesem Stress einfach nicht mehr auszusetzen?

»Darauf freue ich mich jetzt schon.« Holger drückte ihr einen

Kuss aufs Ohr. »Hab ich dir schon gesagt, dass du meine allergrößte Flamme bist?«
Marie schlang die Arme um seinen Hals. »Und du bist der coolste Mönch, den ich kenne.«
»Wie viele Mönche kennst du denn?«
»Äh – gar keinen, ehrlich gesagt.« Marie atmete Holgers vertrauten Geruch ein. Ihre Lippen trafen sich, Marie schloss die Augen und versank in einem langen Kuss. Die Musik und das Gelächter der Partygäste schienen von weit her zu kommen. Nichts war mehr wichtig, nur sie und Holger zählten …
»Hier kommt der Getränkeservice!«
Franzis Stimme.
Widerwillig öffnete Marie die Augen und blickte direkt in Franzis Gesicht mit der schwarzen Maske. Sie hielt Marie und Holger zwei Gläser eisgekühlte Cola hin.
»Trinkt erst mal was, danach könnt ihr immer noch weiterknutschen.« Franzi grinste zwar, aber sie wirkte irgendwie traurig.
»Danke.« Marie griff nach der Cola. »Alles okay?«
Franzi nickte. »Ich hab nur gerade gedacht, dass es schön wäre, wenn Blake auch mit uns feiern würde. Er fehlt mir.«
»Ruf ihn doch nachher an, wenn du wieder zu Hause bist«, schlug Marie vor.
»Gute Idee.« Ein Lächeln erschien auf Franzis Gesicht. »Höchste Zeit, dass wir mal wieder ausgiebig skypen. Es gibt schließlich jede Menge zu erzählen.«
Kim und David kamen von der Tanzfläche. Auf Kims Stirn

glitzerten Schweißperlen und sie hatte knallrote Wangen. Davids orangefarbene Schminke war zerlaufen und das Grün auf seinem Kopf hing schlapp herab.

»Wasser!«, lechzte er. »Möhren brauchen viel Flüssigkeit, sonst gehen sie ein.«

»Wie wär's mit einer Cola?« Franzi reichte ihm und Kim jeweils ein Glas.

»Die Party ist echt super.« Kim strich sich eine verschwitzte Haarsträhne aus der Stirn. »Kommt ihr gleich mit auf die Tanzfläche?«

»Klar!« Marie nickte.

»Aber erst stoßen wir an.« Kim erhob ihr Glas. »Auf den aufregendsten Rosenmontag aller Zeiten!«

»Auf Marie und Kim, die besten Fährtenleserinnen der ganzen Stadt, die mich aus den Fängen der Entführer befreit haben«, fügte Franzi hinzu.

»Und natürlich auf die Liebe!« Marie gab Holger einen schnellen Kuss.

Fünf Gläser stießen klirrend gegeneinander, während der DJ einen neuen Song auflegte.

Franzi schrie auf. »Das ist mein Lieblingslied von den *Boyzzzz*! Los, lasst uns tanzen!« Sie trank ihre Cola in einem Zug aus, stellte das Glas auf einem Stehtisch ab und stürzte los.

»Darf ich bitten?« Marie deutete einen Knicks in Holgers Richtung an.

»Mit Vergnügen!« Holger griff nach ihrer Hand und sie schlängelten sich zwischen den Partygästen hindurch zur Tanzfläche.

»Wartet auf uns!« Kim nahm schnell noch einen Schluck Cola.
Kurze Zeit später bewegten sich alle im Rhythmus der Musik.
»*All together, forever, forever …*«, sang Marie.
Sie lächelte Holger zu, der direkt neben ihr tanzte. Franzi hüpfte mit wehenden Zöpfen auf und ab. Kim hatte die Arme um Davids Karottenkostüm gelegt und sah ihm tief in die Augen.
Sie waren Freunde, für immer.
Das war es, was wirklich zählte.

Maja von Vogel schreibt und übersetzt seit vielen Jahren Kinder- und Jugendbücher. Davor hat sie als Lektorin in einem Kinderbuchverlag gearbeitet. Früher hat sie sich gerne verkleidet, unter anderem als Schneeflocke, Marienkäfer und Pippi Langstrumpf. Inzwischen überlässt sie das Verkleiden ihren Kindern und freut sich, wenn sie Mädchen sieht, die zu Fasching als »Die drei !!!« gehen.

Leseprobe

Maja von Vogel:
Geheimnis im Spukhotel

Eine Stunde später lag Kim im Bett und rekelte sich wohlig unter der Daunendecke. Das weiße Bettzeug war zwar schon etwas verschlissen, duftete aber frisch nach Waschmittel. Aus dem Badezimmer war leises Plätschern zu hören. Marie lag in der Wanne und gönnte sich ein ausgiebiges Bad. Kim griff nach dem kleinen Schokoladen-Täfelchen, das als süßer Willkommensgruß auf ihrem Kopfkissen gelegen hatte, wickelte es aus und steckte es sich in den Mund. Vollmilch mit Nussstückchen – lecker!

Draußen regnete es schon wieder. Die Tropfen prasselten gegen die Fensterscheibe und ein kräftiger Wind wehte um das Hotel. Kim gähnte. Der Tag war anstrengend gewesen.

»Eigentlich wären wir jetzt schon am Titisee«, sagte sie zu Franzi, die im Schneidersitz auf dem Bett gegenüber saß.

»Hm.« Franzi hatte geduscht und trug einen weißen Hotel-Bademantel über ihrem Nachthemd. Sie tippte auf ihrem Handy herum. »Verdammt!«

»Was ist denn?«

»Kein Empfang! Dabei wollte ich Blake gerade eine Nachricht schicken.« Frustriert warf Franzi das Handy auf ihr Kopfkissen.

»Probier es doch morgen im Frühstücksraum.« Kim griff nach ihrem Krimi und freute sich darauf, vor dem Einschlafen noch ein Stündchen zu lesen.
Da ertönte ein spitzer Schrei aus dem Badezimmer, gefolgt von heftigem Geplätscher. Kim fuhr hoch. Sie wechselte einen alarmierten Blick mit Franzi, dann sprangen beide gleichzeitig auf und stürmten ins Bad.
»Marie!«, rief Franzi. »Was ist los?«
Marie stand in ein Handtuch geschlungen neben der Wanne. Aus ihren Haaren tropfte das Wasser und um ihre Füße hatte sich eine kleine Pfütze gebildet. Sie war so weiß wie Franzis Bademantel. »D…d…da war jemand!«, stammelte sie.
»Wo?« Kim sah sich im Bad um. »Hier?«
Marie schluckte. »Als ich gerade in der Wanne lag, hat mich jemand angefasst.« Ihre Stimme zitterte leicht. »War das eine von euch?«
Kim schüttelte den Kopf. »Wir waren beide drüben.«
»Wirklich?«, fragte Marie misstrauisch. »Falls das ein Scherz sein soll, finde ich ihn nicht besonders witzig.«
»Kim hat im Bett gelegen und ich hab versucht, Blake eine Nachricht zu schreiben«, sagte Franzi. »Wir haben uns nicht ins Bad geschlichen, ehrlich.«
»Was ist denn genau passiert?«, fragte Kim.
Marie atmete tief ein und wieder aus. »Ich lag ganz entspannt in der Wanne und hab vor mich hin gedöst. Plötzlich war da so ein eisiger Lufthauch und dann hab ich eine Hand auf meiner Schulter gespürt.«

»Bist du sicher?« Franzi runzelte die Stirn.
Marie nickte. »Hundertprozentig! Die Hand hat mich zwar nur ganz kurz berührt, aber das war garantiert keine Einbildung.«
»Und dann?«
»Dann hab ich geschrien und bin aus der Wanne gesprungen.«
»Außer dir war niemand im Bad«, sagte Franzi energisch. »Du warst allein. Also kann dich auch niemand angefasst haben.«
»Doch«, erwiderte Marie tonlos. »Ein Geist.«
Franzi lachte. »Das ist jetzt nicht dein Ernst, oder?«
»Also … ich hatte vorhin auch ein seltsames Erlebnis«, gestand Kim zögernd. »Genauer gesagt zwei.«
»Wie bitte?« Franzi zog überrascht die Augenbrauen hoch.
Kim erzählte stockend von dem Schatten, den sie bei ihrer Ankunft auf dem Balkon gesehen hatte. Und von dem kalten Lufthauch während des Stromausfalls.
»Ich sag's ja!« Maries Gesicht bekam wieder etwas Farbe. »Hier spukt's.«
Franzi schnaubte verächtlich. »Dreht ihr jetzt beide durch?« Sie sah Kim kopfschüttelnd an. »Seit wann glaubst du denn an Geister?«
Kim wurde rot. »Das tue ich doch gar nicht! Aber … das war wirklich seltsam.«
Eigentlich hatte Kim mit Gespenstern und anderen Spukgestalten nichts am Hut. Ganz im Gegensatz zu Marie, die sich sehr für übersinnliche Phänomene interessierte.

»In diesem alten Kasten zieht es wie Hechtsuppe«, stellte Franzi fest. »Darum habt ihr einen kalten Lufthauch gespürt. Und die Berührung hast du dir nur eingebildet, Marie.«

»Hab ich nicht«, widersprach Marie.

»Deine Fantasie hat dir einen Streich gespielt«, versicherte Franzi. »Kein Wunder, dieses Hotel könnte glatt die Kulisse für einen Gruselfilm sein. Und dann noch dieses Unwetter draußen ...« Sie lauschte auf den Sturm, der immer heftiger um das Haus tobte. »Glaubt mir, morgen bei Tageslicht lachen wir darüber.«

»Vielleicht hast du recht«, sagte Kim halbherzig. Ihr Kopf wollte Franzi zustimmen, aber ihr Bauch sagte etwas anderes. Hier stimmte etwas nicht. Kim versuchte, das mulmige Gefühl abzuschütteln. »Am besten, wir gehen früh schlafen.«

Damit waren alle einverstanden.

Eine halbe Stunde später lagen die Detektivinnen in ihren Betten. Kim klappte den Krimi zu, in dem sie noch ein paar Seiten gelesen hatte, während Marie sich im Badezimmer die Haare föhnte. Aber sie hatte sich nicht richtig konzentrieren können und war mit ihren Gedanken immer wieder abgeschweift. War der eisige Lufthauch wirklich nur Einbildung gewesen? Genau wie der Schatten auf dem Balkon und die Berührung, die Marie im Bad gespürt hatte?

Die drei !!!

Clevere Girls knacken jeden Fall!

- ☐ Die Handy-Falle
- ☐ Betrug beim Casting
- ☐ Gefährlicher Chat
- ☐ Gefahr im Fitness-Studio[e]
- ☐ Tatort Paris[e]
- ☐ Skandal auf Sendung[e]
- ☐ Vorsicht Strandhaie![e]
- ☐ Skaterfieber[e]
- ☐ Im Bann des Tarots[e]
- ☐ Tanz der Hexen[e]
- ☐ Kuss-Alarm[e]
- ☐ Popstar in Not[e]
- ☐ Gefahr im Reitstall
- ☐ Spuk am See[e]
- ☐ Duell der Topmodels[e]
- ☐ Total verknallt![e]
- ☐ Gefährliche Fracht[e]
- ☐ VIP-Alarm[e]
- ☐ Teuflisches Handy
- ☐ Beutejagd am Geistersee[e]
- ☐ Skandal auf der Rennbahn[e]
- ☐ Jagd im Untergrund[e]
- ☐ Undercover im Netz[e]
- ☐ Fußballstar in Gefahr[e]
- ☐ Herzklopfen![e]
- ☐ Tatort Filmset[e]
- ☐ Vampire in der Nacht[e]
- ☐ Achtung, Promihochzeit![e]
- ☐ Panik im Freizeitpark[e]
- ☐ Falsches Spiel im Internat[e]
- ☐ Betrug in den Charts[e]
- ☐ Party des Grauens[e]
- ☐ Küsse im Schnee[e]
- ☐ Brandgefährlich![e]
- ☐ Diebe in der Lagune[e]
- ☐ SOS per GPS[e]
- ☐ Mission Pferdeshow[e]
- ☐ Stylist in Gefahr
- ☐ Verliebte Weihnachten
- ☐ Achtung, Spionage![e]
- ☐ Im Bann des Flamenco
- ☐ Geheimnis der alten Villa
- ☐ Nixensommer
- ☐ Skandal im Café Lomo!
- ☐ Tatort Geisterhaus
- ☐ Filmstar in Gefahr
- ☐ Unter Verdacht
- ☐ Die Maske der Königin
- ☐ Skandal auf dem Laufsteg
- ☐ Freundinnen in Gefahr
- ☐ Krimi-Dinner
- ☐ Das rote Phantom
- ☐ Hochzeitsfieber!
- ☐ Klappe und Action!
- ☐ Wildpferd in Gefahr
- ☐ Geheimnis im Düstermoor
- ☐ Tatort Kreuzfahrt
- ☐ Gorilla in Not
- ☐ Das geheime Parfüm
- ☐ Liebes-Chaos!
- ☐ Der Fall Dornröschen
- ☐ Spuk am Himmel
- ☐ Flammen in der Nacht
- ☐ Der Graffiti-Code
- ☐ Heuler in Not
- ☐ Tanz der Herzen
- ☐ Tatort Geisterbahn
- ☐ Gefahr im Netz
- ☐ Nacht der Wölfe
- ☐ Gefährliches Spiel
- ☐ Gefahr in den Ruinen
- ☐ Kuss der Meerjungfrau
- ☐ Legende der Einhörner
- ☐ Rätsel der Vergangenheit
- ☐ Tatort Hollywood
- ☐ #Falscher Ruhm
- ☐ Achtung, Gaunerzeichen!
- ☐ Das Bienengeheimnis
- ☐ Vier Pfoten in Gefahr
- ☐ Ein echt schöner Fall
- ☐ Geheimnis im Spukhotel
- ☐ Das Konfetti-Komplott
- ☐ Voller Einsatz für die Erde
- ☐ Luftballon-Küsse

Alle Bücher auch als E-Book erhältlich

[e] nur als E-Book erhältlich

diedreiausrufezeichen.de